Fill my old and weary head
with ancient distant tales.
I'll dream within my oaken coat,
secured with coffin nails.

CINDERWENCH, SLEEPING DEATH, AND THE BLUE BEAST
Uncommonly Told Fairy Tales

by John E.L. Tenney

Based on the collection by Charles Perrault, 1696
Translated by Charles Welsh, 1901

Cinderwench, Sleeping Death, and the Blue Beast
Uncommonly Told Fairy Tales

by John E.L. Tenney

Based on the collection by Charles Perrault,
Translated by Charles Welsh

First Edition
All Rights Reserved
©2012 John E.L. Tenney

ISBN 978-1478138785

CONTENTS

INTRODUCTION

As a child, I was a ravenous reader of horror comic books, my favorites being DC Comics House of Mystery and House of Secrets. Eventually these comic books so damaged my young psyche that I was unable to sleep due to night terrors. One Saturday afternoon, my parents, garbage bag in hand, removed and destroyed my entire collection. Although devastated by the loss of my precious "funny books," I began a search around the house to find something that would fill the void left by their untimely disposal. The first book I found was a collection of Edgar Allen Poe, next to it was an anthology of H.P. Lovecraft, and last, but surely not least, was a weathered and battered collection of Grimm's fairy tales. I admit, it took me longer to read the fairy tales. My idea that these were stories of damsels in distress, which I then believed always ended "happily ever after," kept the book on its shelf longer than perhaps it should have. As soon as I did open the book, I realized these were not the fairy tales of Disney which my sister had dragged me to the theater to watch. Most of the stories were warnings, cautionary tales for "bad" little boys and girls; many of them did not end happily. I delighted in the darkness of these tales, but over time, as I rebuilt my comic book collection, I forgot the world of glass slippers and creatures that spun gold.

Recently, I stumbled across an older tome of fairy tales translated by Perrulat. I was thrust once again into a magical world where strange creatures and Kings suffered and succeeded for the benefit of the reader so that lessons could be learned. As I re-read these stories, my mind imagined a world darker and more violent, but in our modern world of nonstop action and adventure much more jovially horrific. To say I enjoyed rewriting these tales is an understatement. Subjecting fictional characters to nightmarish scenarios is perhaps a little disturbing, but ultimately quite...fun. These were not my characters in the first place; I did not create them, and so I felt no remorse in banishing them to a realm of unyielding gore and cyclopean terror.

As a person who is generally nice, who plays by the rules and has a strong sense of morals, it was liberating to play the part of the destroyer. I hope that you are nicer, kinder and more gentle than I so that you too will enjoy the special Hell I have created for these eternal characters.

Sleep well.

John E.L. Tenney

NOTE TO THE READER

I have tried in almost every instance to retain the original style and language of the fairy tales contained herein. Due to the age and region in which they were first translated and set to print, you will find that some of the grammatical structures and punctuation usage are now most uncommon. In maintaining these somewhat archaic examples of language, I hope to preserve the original feel while also spicing them with a kind of ineloquent verbosity.

CINDERWENCH AND THE DARKNESS

Once upon a time there was a wealthy and cruel Duke who married, for the second time in his life, the vilest and most scandalous woman that ever was seen. She had two daughters of her own, who were, indeed, exactly like her in all ways. The Duke had also a young daughter, who seemed of rare goodness and sweetness of temper, but also a deceitfulness of character, which she inherited from her mother, the Duke's first wife, who was not only the most beautiful of women, but also, unknown to even the Duke, the most secret of powerful necromancers.

The wedding was scarcely over, when the new stepmother's bad temper began to show itself. She could not bear the seemly endless goodness of this young girl, because it made her own daughters appear the more vile and contemptible. The stepmother gave her the harshest work in the house to do; she had to scour the toilets, piss-pans, etc., and clean out the bedrooms of her new sister's whorish romps with the local townsmen. The poor girl had to sleep in the stable, upon a manure-soaked straw bed, while the local drunkards plunged her sisters in fine rooms with inlaid floors, upon beds of the very newest fashion. The poor girl waited patiently, and dared not complain to her father, who would have scolded her if she had done so, for his new wife controlled him entirely.

When she had done her work, she used to go hide in the main hall's largest chimney, and sit down among the cinders, so she was called Cinderwench. The younger sister of her two new sisters, who was not as vile and unclean as the elder, called her Cinderella. However, Cinderella, in spite of her apparel of rags, was a hundred times more beautiful than her sisters, though they were always dressed in the finest of clothes.

It happened that the King's son gave a ball, and invited to it all persons of fashion or stature. Our young misses were also invited, for their sexual prowess was widely known among the people of the country-side. They were highly delighted with the invitation, and wonderfully busy in choosing the gowns and undergarments, which might best become them. This made Cinderella's work still harder, for it was she who ironed and cleaned her sister's linens as they talked all day long of nothing but how they should be dressed.

"For my part," said the elder, "I will wear my red velvet suit with a neckline that accents my enormous breasts."

"And I," said the younger, "shall wear my usual skirt; but then, to make amends for that I will put on my gold-flowered bustiere, and my diamond stomach-chain, which is far from being ordinary." They sent for the best hairdressers they could get to make up their hair in fashionable style, and bought perfumes which they hoped would mask the scent of the local townsmen who so often sweat upon them. Cinderella was consulted in all these matters, for she had good taste. She advised them always for the best, and even offered her services to dress their hair, which they were very willing she should do.

As she was doing this, they said to her:—

"Cinderella, wouldn't you like to go to the ball?"

"My sisters," she said, "you are joking with me someone such as I could never attend such an event."

"You are right," they replied; "people would laugh to see a Cinder-wench at a ball."

Anyone but Cinderella would have pulled their hair out in clumps, but she acted in a good-natured manner, and arranged it perfectly well. The sisters went almost two days without eating, in hopes of bettering their shapes. They broke above a dozen laces in trying to squeeze themselves tight, that they might look fine, and appeal to all in attendance; they were continually at their mirrors.

At last the day came; they went to Court, and once Cinderella had lost sight of them she fell crying. Her voice cursed her sisters, step mother and father. She cried allowed, "Mother why have you left me in such toil? Come to me in whatever form you now exist! She pounded the floor, her knuckles cracking, "Come to me Mother!"

Suddenly darkness filled the room. A strange shadowy shape took form. Cinderella gasped at the horrific figure manifesting itself in front of her. And then she began to recognize the entity. It was her dearly departed Mother, or at least a grotesque representation of her.

The mass of bubbling flesh, saw her all in tears, asked her, "Why do you weep?"

"I wish I could—I wish I could—" but she could not finish for her mind was not only shocked but was quickly sliding away.

The mother-thing asked her, "You wish you could go to the ball; is it not so?" Its voice a putrid gargle with viscous spittle flung from its serpent like tongue.

"Yes," said Cinderella.

"Well, I will see that you go. Run into the garden, and bring me a pumpkin then go to the traps and fetch me six mice," The thing said, smiling which revealed a pus filled socket containing no traces of teeth.

Cinderella went at once to gather the finest she could get, and brought it to the thing, not being able to imagine how this pumpkin could help her but remembering the former power of her mother's spells. The thing raised what seemed to be a hand and scooped out all the gooey insides of the pumpkin, leaving nothing but the rind. Then she placed it to her mouth and blew a dark and nauseous breath in it, and the pumpkin was instantly turned into a black, silver-lined coach. The wheels seemed made of razors and all around it was covered in thorns.

Cinderella then went to look for the mouse-traps, where she found six mice, all alive. The hideous shape ordered Cinderella to lift the trap-door, when, giving each mouse, as it went out, a little tap with her skeletal finger, it was in that moment which turned it into a red-eyed steed, and the six mice made a most terrifying set of horses nightmarish in size coal-colored, with crimson and ebony manes that reflected not any light.

Finally understanding the dark creature's power and forsaking any pleasantries Cinderella knew she would need the most disturbing of Coachmen. "I will go and see if there is not a rat in the rat-trap—we may make a coachman of him?" Cinderella asked, with a devious grin.

"You are right," replied her dark and magical specter; "go and look."

Cinderella brought the rat-trap to the thing, and in it there were three huge rats. They chose the one which had the longest tail, and, having touched him with her fleshless hand, he was turned into a fat wart covered monstrous imitation of a coachman yet also with a rat tail of great length and the most immense lice ridden whiskers ever seen.

After that, the specter said to her:—

"Go into the garden, and you will find six lizards behind the watering-pot; bring them to me."

She had no sooner done so than her entity turned them into six pale, dripping scale-covered frog-men, who shuffled immediately behind the coach, with their skin moist from dark, rancid bog moss and they held on as if they had done nothing else their whole lives.

The specter then said to Cinderella, "Well, you see here a carriage fit to go to the ball in; one that will shock all who witness its coming are you not pleased with it?"

"Oh, yes!" she cried; "but I cannot go as I am in these rags."

The entity simply gazed upon her from empty inky eye-sockets, and, at the same moment, her clothes were turned into cloth of velvet and leather, all decked with spikes and chains. This done, she gave her a pair of the most hypnotizing crystal slippers in the whole or creation. Being thus attired, she got into the carriage, while the entity commanded her, above all things, not to stay till after midnight, and telling her, at the same time, that if she stayed one moment longer, the coach would be a pumpkin again, her mares, mice, her driver a rat, her frogish-footmen lizards, and her clothes would become just as they were before.

She promised her godmother she would not fail to leave the ball before midnight. She drove away, scarce able to contain herself for joy knowing full well the terrible vengeance she was to bring upon the ball and all in attendance. The King's son, who was told that a great princess, whom nobody knew, was coming, ran out to receive her. At first he was shocked by the appearance of the coach, driver and footmen but when Cinderella appeared from inside he gave her his hand and led her into the hall where the company were assembled. There was at once a profound silence; every one left off dancing, and the violins ceased to play, so startled was every one by the strange and curious beauties of the unknown newcomer. Nothing was then heard but a confused sound of voices saying:—

"Ha! How beautiful she is! Ha! How beautiful she is!"

The King himself, old as he was, could not keep his eyes off her, and he told the Queen under his breath that it was a long time since he had seen so weird and enchanting a creature.

All the ladies were busy studying her clothes and head-dress, so that they might have theirs made next day after the same pattern, provided they could meet with such fine materials and able hands to make them.

The King's son conducted her to the seat of honor, and afterwards took her out to dance with him. She danced so very seductively that they all, men and women, desired and admired her more and more. A fine dinner was served, but the young Prince ate not a morsel, so intently was he occupied with her.

She went and sat down beside her sisters, showing them not a single civility, and giving them among other things scraps of the oranges and lemons with which the Prince had regaled her. This very much saddened them, for they had not been even noticed by the Prince.

Cinderella heard the clock strike a quarter to twelve. She at once said her farewells to the company and hastened away as fast as she could.

As soon as she got home, she sat and summoned the dark entity, and, after having thanked her, she said she much wished she might go to the ball the next day, because the King's son had asked her to do so. As she was eagerly telling the specter all that happened at the ball, when her two sisters knocked at the door; the entity vanished and Cinderella opened the door. "How long you have stayed!" said she, yawning, rubbing her eyes, and stretching herself as if she had been just awakened.

"If you had been at the ball," said one of her sisters, "you would not have been tired with it. There came thither the strangest and most bizarre of princesses, the most beautiful that has ever been seen with mortal eyes. She showed the crowd unspeakable and sensual delights. She even at one point gave us fruits from the Prince's table."

Cinderella did not show any pleasure at this. Indeed, she asked them the name of the princess; but they told her they did not know it, and that the King's son was very much concerned, and would give all the world to know who she was. At this Cinderella, smiling, replied:—

"Was she then so very beautiful? How fortunate you have been! Could I not see her? Ah! Dear sister, do lend me your yellow suit of clothes which you wear every day."

"Ay, to be sure!" cried the sister; "lend my clothes to such a dirty Cinderwench as thou art! I should be out of my mind to do so."

Cinderella, indeed, expected such an answer and was very glad of the refusal; for she would have been sadly troubled if her sister had lent her what she jestingly asked for. The next day the two sisters went to the ball, and so did Cinderella, but dressed more magnificently and scandalously than before. The King's son was always by her side, and his pretty speeches to her never ceased. Many times throughout the night both were unseen by the attendees. Hidden in corners and shadowed rooms they met in for the making of carnal delights, indeed, she quite forgot the entity's orders to her, so that she heard the clock begin to strike twelve when she thought it could not be more than eleven. She then rose up and fled, as nimble as a deer. The Prince followed, but could not overtake her. She left behind one of her crystal slippers, which the Prince took up most carefully. She got home, but quite out of breath, without her carriage, and in her old clothes, having nothing left her of all her finery but one of the little slippers, fellow to the one she had dropped. The guards at the palace gate were asked if they had not seen a princess go out, and they replied they had seen nobody go out but a young girl, very poorly dressed, and who had more the air of a beggar than of a young lady.

When the two sisters returned from the ball, Cinderella asked them if they had had a pleasant time, and if the fine lady had been there. They told her, yes; but that she hurried away the moment it struck twelve, and with so much haste that she dropped one of her little curious crystal slippers, the prettiest in the world, which the King's son had taken up. They said, further, that he had done nothing but look at her all the time, and that most certainly he was very much in love with the beautiful owner of the fascinating footwear.

What they said was true; for a few days after the King's son caused it to be proclaimed, by sound of trumpet, that he would marry her whose foot this slipper would fit exactly. They began to try it on the princesses, then on the duchesses, and then on all the ladies of the Court; but in vain. For each foot was cut and scraped to the bone each time it was placed on any of their feet. It was brought to the two sisters, who did all they possibly could to thrust a foot into the slipper. Their toes broken and heels were sliced deep bathing the floor in crimson gore. But no matter how horrific the pain they could not succeed. Cinderella, who saw this, and knew her slipper, said to them, laughing:—

"Let me see if it will not fit me."

Her sisters, delirious with pain burst out a-laughing, and began to ridicule her. The gentleman who was sent to try the slipper looked unimpressed at Cinderella, and, finding her covered in soot and filth, said it was but just that she should try, and that he had orders to let every lady try it on.

He obliged Cinderella to sit down, and, putting the slipper to her little foot, he found it went on very easily, and fitted her as if it had been made of wax. The astonishment of her two sisters was great, but it was still greater when Cinderella pulled out of her pocket the other slipper and put it on her foot. Thereupon, the room descended into blackness, an unholy darkness unfamiliar to the human mind; a frigid wind burst through the room and there stood the entity. The room was filled by the retching of the sisters while the man sent by the Prince and King slid silently onto the floor with white dull eyes.

And now the two sisters found Cinderella to be that strangely desirously clad lady they had seen at the ball. They threw themselves at her feet to beg pardon for all their ill treatment of her. Cinderella took them by their throats and with a single squeeze crushed the life from their bodies. Her fingernails pushed deep into their necks until their heads fell to the floor. The entity seemed to absorb the pools of blood which now covered the room and began to feed on the lifeless bodies of the sisters. Cinderella too, began to devour the faces from the heads of her step-siblings. Bathed in carnage the Entity and Cinderella made their way to the palace of the Prince.

Dressed as she was, dripping of blood and the obscenity of murder, the prince and his guards screamed at the horror they knew they had wrought upon themselves. The entity locked the gates of the palace and over the course of the next week all of the townsfolk listened to the Hell that was unleashed behind the walls

Soon, the people of the town also were consumed until all that remained were the rats and lizards who scurried among the bones and cinders.

SLEEPING DEATH

Once upon a time there was a king and a queen, who longed to have a child,—so great was their wanting that many pacts were made with unseen forces. All manner of promises and sacrifices were given unto unnamable and solitary beings that are known only to inhabit the realm of nightmares and endless suffering.

At last, the Queen had a daughter. There was a very fine celebration; and the Princess had for her godparents all the weirdest of the dark-born in the whole of the known world (there were seven of them), so that every one of them might confer a gift upon her, as was the custom in those days. By this means the Princess had all the most awe inspiring and frightening powers imaginable.

After the celebration was over, the company returned to the King's palace, where was prepared a great feast for those not wholly of this world. There was placed before every one of them a magnificent cover with a case of massive gold, wherein were a wand, and a knife and crown, all of pure gold set with diamonds and rubies. But as they were all sitting down at table there came a swirling of ancient mists into the hall. The odorous smoke was pungent with rot and very shortly had coalesced into the form of a woman. All in attendance moved not for they realized it was the elder goddess Ereshkigal. She had not been invited, because for more than anyone could remember, she was believed to have been either bound by a curse, or moved on into the forever-worlds.

The King ordered her a cover, but he could not give her a case of gold as the others had, because seven only had been made. The old goddess knew she was slighted, and muttered threats between her yellowish broken teeth. One of the young dark creatures who sat near heard her, and, judging that she might give the little Princess some spiteful gift, hid itself behind the curtains as soon as they left the table. The creature hoped that it might speak last and undo as much as it could the evil which the elder one might do.

In the meanwhile all the dark creatures began to give their gifts to the Princess. The youngest gave for her gift that she should be the most desired person in the world; the next, that she should have the sharpest and most cunning of wit; the third, that she should be able to do everything she did without flaw; the fourth, that she should enchant any man she desired; the fifth, that she should control beasts of the earth; and the sixth, that she should know spell-craft to the fullest perfection.

Ereshkigal's turn came next, her head shaking more with spite than with age, she said that the Princess should slice her hand with a sewing spindle and die of the wound. This terrible gift made the whole company tremble.

At this very instant the young dark one came from behind the curtains and said these words in a loud voice:—

"Assure yourselves, O King and Queen, that your daughter shall not die of this disaster. It is true, I have no power to undo entirely what the elder has done. The Princess shall indeed pierce her hand with a spindle; but, instead of dying, she shall only fall into a deep sleep, which shall last a hundred years, at the end of which a king's son shall come and awake her."

The King, to avoid the misfortune foretold by Ereshkigal, issued orders forbidding any one, on pain of torture and death, to spin with a distaff and spindle, or to have a spindle in his house.

Time passed and the King and Queen were visiting one of their country villas, the young Princess was one day wandering up and down the palace; she went from room to room, and at last she came into a little garret on the top of the tower, where an old leprous woman, alone, was spinning with her spindle. This woman, locked away for her disease had never heard of the King's orders against spindles.

"What are you doing there, woman?" said the Princess.

"I am spinning, my pretty," said the old woman, who did not know who the Princess was.

"Ha!" said the Princess, "this is very pretty; how do you do it? Give it to me. Let me see if I can do it. I can do anything perfectly."

She had no sooner taken it into her hand than, because she was too arrogant and heedless and because the decree of the Ereshkigal had so ordained, that the spindle sliced deep into her hand, and she fell down in silence.

The old woman, not knowing what to do, cried out for help. People came in from every quarter; they threw water upon the face of the Princess, unlaced her, struck her on the palms of her hands, and rubbed her temples with water; but nothing would bring her to herself.

Then the King, who came up at hearing the noise, remembered what Ereshkial had foretold. And he knew very well that this must come to pass. He caused the Princess to be carried into the finest room in his palace, and to be laid upon a bed all embroidered with gold and silver. One would have taken her for a sculpture; she was so beautiful; for her silence had not dimmed the brightness of her complexion: her cheeks were carnation, and her lips coral. It is true her eyes were shut, but she was heard to breathe every so softly, which satisfied those about her that she was not dead.

The King gave orders that they should let her sleep quietly till the time came for her to awake, and having kissed their near-dear child, went out of the palace and sent forth orders that nobody should come near it.

These orders were not necessary; for in a quarter of an hour there grew up all round about the park such a vast number of trees, great and small, bushes and brambles, twining one within another, that neither man nor beast could pass through; so that nothing could be seen but the very top of the towers of the palace; and that, too, only from afar off. The forest itself grew dark and not the smallest sliver of sunlight could find its way to the boggy ground. Everyone knew that this also was the work of the dark creatures in order that while the Princess slept she should have nothing to fear from those who greedily and sometimes amorously defile the dead.

After a hundred years the son of the King then reigning, who was of another family from that of the sleeping Princess, was hunting on that side of the country, and he asked what those towers were which he saw in the middle of a great ebony sunless woods. Everyone answered according as they had heard. Some said that it was an old abandon castle, others that all the witches of the country held their midnight revels there, but the common opinion was that it was an ogre's dwelling, and that he carried to it all the little children he could catch, so as to eat them up at his leisure, without any one being able to follow him, for he alone had the power to make his way through the seemingly impassable swamps.

The Prince did not know what to believe, and presently a very aged countryman spoke to him thus:—

"May it please your royal Highness, more than fifty years since I heard from my father that there was then in this castle the most beautiful princess that was ever seen; that she must sleep there a hundred years, and that she should be waked by a king's son, for whom she was reserved."

The young Prince on hearing this was all on fire. He thought, without weighing the matter, that he could put an end to this rare adventure; and, pushed on by love, lust and the desire of glory, resolved at once to look into it.

As soon as he began to get near to the wood, all the great trees, the bushes, brambles, and thorns fortified themselves to inhibit his passage. Removing his sword he began to hack at the growth, which screamed and bled with his every stroke. The ground pooled with black blood while all of the smaller creatures began to consume the young king's horse. Inflamed by desire he drove the horse forward all the time the poor steed's flesh being consumed by all manner of obscenities. Finally as the horse plunged its face into the mire the Prince saw a break in the trees. He jumped from the horse and dashed for the clearing. Standing on the crumbling ruins of an old pathway he began to walk. He saw at the end of a large avenue the once glorious castle and you can imagine he was a good deal surprised when he saw none of his footmen following him, because the trees had closed again as soon as he had passed through them. However, he did not cease from continuing his way; a young prince in search of glory is ever valiant and foolhardy.

He came into a spacious outer court, and what he saw was enough to freeze him with horror. A frightful silence reigned over all; the image of death was everywhere, and there was nothing to be seen but what seemed to be the outstretched bodies of dead men and animals. Some were merely skeletons but some still retained mold covered patches of oozing skin.

He then crossed a court which had been paved with marble but now only broken blocks remained. He carefully stepped over the bodies and found the last remaining, passable stairs. He climbed into the guard chamber, where he found only crimson, briny plashets which had once been men. He went through several rooms full corpses in differing states of decay, some only bones leaking their marrow and others indescribable in their horror. He came into a gilded chamber, where he saw upon a bed, the curtains of which were all open, the most beautiful sight ever beheld—a princess who appeared to be about fifteen or sixteen years of age, with a bright and resplendent beauty which had something divine in it. He approached with trembling anticipation, and fell down upon his knees before her.

Then, before the end of the enchantment was to come, the Prince stood and unleashed himself upon the tender body of the still sleeping Princess. Wild with passion he forced himself on her, tearing from her head clumps of golden hair and with unbridled ecstasy performed any and all undistinguished pleasures with her somnambulistic body. Finally when his wanton powers had extinguished themselves he grabbed her face and forced his tongue into her mouth. Her body began to shudder. A breath exhaled from the bruised and torn lips of the Princess while full of shock and dismay the Prince leapt from the bed.

"My Prince? I have waited a long while."

The Prince, horrified with these words, and much more by the manner in which they were spoken, knew not how to show his fear; he tried to scream as she pulled her battered body from the bed. The Prince, froze with fear, found that he could not run try as he might he could only stand as the Princess scraped and slid her broken bones across the floor.

"My Prince?"

In the meanwhile all the undead of the palace had arisen with the Princess; every one of them knew not love, but only hunger. The Princess, finally nearing the Prince announced aloud, through her blood-clogged throat, to all of her attendants that dinner was at hand. The Prince again tried to scream and run but found himself immobile still, unable to retreat from the unholy hoard now stumbling and sliding into the room. The Princess was entirely and very magnificently vicious; it was then that his royal Highness took leave of his mind. Each and every scrap of muscle and flesh was torn and devoured from his body until only a small assortment of bones lay scattered about the room.

They went into the great mirrored hall, then into the courtyard, and finally the army of filth and horror, led by the Princess, made their way into the darkened forest. The trees and bushes made way for them and soon they were spreading across the country like a great and unstoppable plague. With each village they consumed and their numbers increased as the living became the dead became the undead.

Even now late in the evening upon the winds of the East the echo of screams can still be heard.

And all the world knew, she was awake.

THE WOLF

Once upon a time there lived in a certain village a little country girl, the most self-absorbed and vainglorious child that ever was seen. Her mother was very untrusting and disheartened by her, but her grandmother loved her and complimented the child endlessly. Her grandmother made for the child a little red hood for riding, which the girl thought became her so well that everyone in the town called her Little Red Riding-hood.

One day her mother, having made some treats, said to her:—

"Go, child, and see how your grandmother does, for I hear she has been very ill; carry her these pastries and this little pot of butter."

Little Red Riding-hood complained bitterly as her slovenly ways made any task set to her a tear-filled bore. Finally, realizing she would be flooded by admiration and compliments by her grandmother she set out to go to the house, which was through the woods in another village.

As she was going through down the forest path, she met a large black wolf, who had a very great mind to eat her up; but he dared not, due to the presence of some axe men nearby. He asked her whither she was going. The child, who was barely paying attention to her task said to him:—

"I am going to see my grandmother who loves me and showers me with presents and kind words. She tells me I am the most delightful child ever to have lived."

"Does she live far off?" said the wolf.

"Oh, yes," answered Little Red Riding-hood; "it is beyond that mill you see there, the first house you come to in the village."

"Well," said the Wolf, "I'll go and see her, too, and tell her of your loveliness. I'll go this way, and you go that, and we shall see who will be there first."

The Wolf began to run as fast as he could, taking the shortest way, and the little girl went by the longest way, amusing herself by gathering nuts, running after butterflies, and gazing upon her own reflection in the nearby stream. The Wolf was not long before reaching the old woman's house. He knocked at the door—tap, tap, tap.

"Who's there?" called the grandmother.

"Your grandchild, Little Red Riding-hood," replied the wolf, imitating her voice, "who has come to be loved and praised."

The grandmother, who was in bed, because she was somewhat ill, cried out:—

"Pull the bobbin, and the latch will go up."

The wolf pulled the bobbin, and the door opened. He fell upon the good woman his teeth tearing into her soft belly spilling her guts upon the floor. Within moments he had ate her up, for he had not eaten anything for more than five days. He then shut the door, went into the grandmother's living room, and waited for Little Red Riding-hood, who came sometime afterward and knocked at the door—tap, tap, tap.

"Who's there?" called the wolf.

Little Red Riding-hood, hearing the big voice of the wolf, was at first afraid; but thinking her grandmother had a cold, answered:—

"'Tis your grandchild, Little Red Riding-hood, who has who has come to be loved and praised."

The Wolf cried out to her, softening his voice a little:—

"Pull the bobbin, and the latch will go up."

Little Red Riding-hood pulled the bobbin, and the door opened.

The Wolf, seeing her come in, said to her, hiding himself under the blanket:—

"Put the basket down upon the stool, and come and sit down with me."

Little Red Riding-hood went into the living room, where she was much surprised to see how her grandmother looked in dim light of dusk.

She said to her:—

"Grandmamma, what large arms you have got!"

"That is the better to hug thee, my dear."

"Grandmamma, what large legs you have got!"

"That is to run the better, my child."

"Grandmamma, what strange ears you have got!"

"That is to hear the better, my child."

"Grandmamma, what enormous eyes you have got!"

"It is to see the better, my child."

"Grandmamma, what ferocious teeth you have got!"

"That is to eat thee up."

And, saying these words, the wolf sprang upon Red Riding Hood. His teeth tore into her soft belly and he ate until there was no more.

The child and the grandmother were missed by no one and Red Riding Hood's mother celebrated the disappearance of her terrible offspring.

A MOUTH OF VIPERS

Once upon a time there was a widow who had two daughters. The elder was so much like her, both in looks and character, that whoever saw the daughter saw the mother. They were both so disagreeable and so proud that there was no living with them. The younger, who was the very picture of her father for sweetness of temper and virtue, was withal one of the most beautiful girls ever seen. As people naturally love their own likeness, this mother doted on her elder daughter, and at the same time had a great aversion for the younger. She made her eat in the stable from the animal troughs and clean filth from the waste ditches.

Among other things, this unfortunate child had to go twice a day to draw water more than two miles and a half from the house, and bring home a pitcherful of it. One day, as she was at this fountain, there came to her a poor woman, who begged of her to let her drink.

"Oh, yes, with all my heart," said this pretty little girl. Rinsing the pitcher at once, she took some of the clearest water from the fountain, and gave it to her, holding up the pitcher all the while, that she might drink the easier.

The woman said to her:—

"You are so pretty, so good and courteous, that I cannot help giving you a gift." For this was an ancient spirit, who had taken the form of a poor country-woman, to see how far the civility and good manners of this pretty girl would go.

"I will give you for a gift," continued the Spirit, "that, at every word you speak, there shall come out of your mouth either a flower or jewels"

When the pretty girl returned, her mother beat her for staying so long at the fountain.

"I beg your pardon, mamma," said the poor girl, "for not making more haste."

And in speaking these words there came out of her mouth a rose, a pearl, and two large diamonds.

"What is it I see there?" said her mother, quite astonished. "I think pearls and diamonds come out of your mouth! How happens this, my... child?"

This was the first time she had ever called her "my child."

The girl told her frankly all the matter, while dropping out great numbers of diamonds across the floor.

"Truly," cried the mother, "I must send my own dear child thither. Fanny, look at what comes out of your sister's mouth when she speaks. Would you not be glad, my dear, to have the same gift? You have only to go and draw water out of the fountain, and when a poor woman asks you to let her drink, to give it to her very civilly."

"I will not go to the fountain to draw water, I am no commoner" said the ill-bred minx.

"I insist you shall go," said the mother, "and do it instantly."

For the first time also, the mother raised her clenched fists at the favorite daughter.

She went, but grumbled all the way, taking with her the best silver tankard in the house.

She no sooner reached the fountain than she saw coming out of the wood, a magnificently dressed lady, who came up to her, and asked to drink. This was the same spirit who had appeared to her sister, but she had now taken the air and dress of a princess, to see how far this girl's rudeness would go.

"Am I come hither," said the proud, ill-bred girl, "to serve you with water, pray? I suppose this silver tankard was brought purely for your ladyship, was it? However, you may drink out of it, if you have a fancy."

"You are scarcely polite," answered the spirit, with anger. "And, then, since you are so disobliging, I give you the gift that at every word you speak there shall come out of your mouth a snake or a rat.

The poorly behaved daughter screamed and ran all the way home.

So soon as her mother saw her coming, she cried out:—

"Well, daughter?"

"Well, mother?" answered the unhappy girl, throwing out of her mouth a viper and a rodent.

"Oh, mercy!" cried the mother, "what is it I see? It is her sister who has caused all this, but she shall pay for it," and immediately she ran to beat her. The poor child, who had no reason to know anything had gone wrong lay sleeping in the stable. Her mother, axe in hand, brutally chopped her into pieces as she slept.

The King's son, who was returning from a night of merriment, heard the mother's screams of anger and hatred as well as the sound of the axe cleaving bone from flesh.

The Prince rode his horse nearer the stable. Retching by the carnage he saw through the open doors he immediately fled.

The mother whose senses had taken leave of her mind could not stop her assault on the pieces that remained, now cast around the stable until finally her own heart expired from the terrible work she had done.

As for the other sister, after cutting her tongue from her mouth and sewing her lips shut wandered about the local towns and villages but finding no one to take her in, went to a corner of the woods, and died.

HAIR

There were once a man and a woman who had long in vain wished for a child. At length the woman hoped that the ancient gods were about to grant her desire. These people had a little window at the back of their house from which a curious garden could be seen, which was full of the most strange blossoms and herbs. It was, however, surrounded by a great ebony wall, and no one dared to go into it because it belonged to a twisted old creature, who had great powers and was dreaded by all the world.

One day the woman was standing by this window and looking down into the garden, when she saw a bed which was planted with the most weird rampion and it looked so enchanting and green that she longed for it, and had the greatest desire to eat some. This desire increased every day, and as she knew that she could not get any of it, she quite pined away, and began to look pale and miserable. Then her husband was alarmed, and asked, "What aileth thee, dear wife?"

"Ah," she replied, "if I can't get some of the rampion, which is in the garden behind our house, to eat, I shall die."

The man, who loved her, thought, "Sooner than let thy wife die, bring her some of the rampion thyself, let it cost thee what it will."

In the twilight of the evening, he clambered down over the wall into the garden of the creature, hastily clutched a handful of rampion, and took it to his wife. She at once made herself a salad of it, and ate it with much relish. She, however, liked it so much—so very much, that the next day she longed for it three times as much as before. If he was to have any rest, her husband must once more descend into the garden.

In the gloom of evening, therefore, he let himself down again; but when he had clambered down the wall he was terribly afraid, for he saw the creature appear before him.

"How canst thou dare," said it with a bloodthirsty look, "to descend into my garden and steal my rampion like a thief? Thou shalt suffer for it!"

"Ah," answered he, "let mercy take the place of justice, I only made up my mind to do it out of necessity. My wife saw your rampion from the window, and felt such a longing for it that she would have died if she had not got some to eat."

Then the creature allowed its anger to be hidden, and said to him, "If the case be as thou sayest, I will allow thee to take away with thee as much rampion as thou wilt, only I make one condition, thou must give me the child which thy wife will bring into the world; it shall be well treated, and I will care for it like a mother."

The man in his terror consented to everything, and when his wife was brought to bed for the birthing of their child, the creature appeared at once, gave the child the name of Rapunzel, and as laughter bleched from its throat, took the child away.

Rapunzel grew into a most beautiful child. When she was twelve years old, the creature shut her into a tower, which lay in a forest, and had neither stairs nor door, but quite at the top was a little window. When the creature wanted to go in, it placed itself beneath it and cried,

"Rapunzel, Rapunzel,
Let down thy hair to me."

Rapunzel had magnificent long hair, dark as onyx, and when she heard the voice of the creature she unfastened her braided tresses, wound them round one of the hooks of the window above, and then the hair fell twenty feet down, and the creature climbed up by it. Once inside the creature had its way with the girl in a fashion which the mind should not comprehend.

After a year or two, it came to pass that the King's son rode through the forest and went by the tower. Then he heard a song, which was so mesmerizing that he stood still and listened. This was Rapunzel, who in her solitude passed her time in letting her unholy incantations fill the winds of the forest. The King's son wanted to climb up to her, and looked for the door of the tower, but none was to be found. He rode home, but the sound had so deeply enchanted his heart, that every day he went out into the forest and listened to it. Once when he was thus standing behind a tree, he saw the creature come there, and he heard how it cried,

"Rapunzel, Rapunzel,

Let down thy hair."

Then Rapunzel let down the braids of her hair, and the creature climbed up to her. The young Prince stood in stillness and listened to the screams of delight-filled horror which seeped from the tower.

"If that is the ladder by which one mounts, I will for once try my fortune," said he, and the next day when it began to grow dark, he went to the tower and cried,

"Rapunzel, Rapunzel,

Let down thy hair."

Immediately the hair fell down and the King's son climbed up.

The King's son ascended, but he did not find his dearest Rapunzel above, but the creature, who gazed at him with wicked and venomous looks. "Aha!" it cried mockingly, "Thou wouldst fetch thy dearest, but the beautiful bird sits no longer singing in the nest; the cat has got it, and will scratch out thy eyes as well. Rapunzel is lost to thee; thou wilt never see her more." The King's son was beside himself with pain, and in his despair he leapt down from the tower, the bones of his legs cracking and splintering. The thorns into which he fell, pierced his eyes. In confusion he wandered blind about the forest, ate nothing but roots and bugs, and did nothing but lament and weep over the loss of good fortune.

Thus he roamed about in misery for some years, and at length came to the desert where Rapunzel had been hidden by the creature. She lived not alone but with the thing to which she had given birth. He heard a voice, and it seemed so familiar to him that he went towards it, and when he approached, Rapunzel knew him and afterward fell upon his neck suckling every last drop of blood from his body. The Prince, now only a husk of skin lay in the desert heat with unseeing eyes baking in the sun providing nourishment to Rapunzel's grotesque child.

The child grew unnaturally quick and left the desert and its mother in search of lands which were soon to be filled with screams and nightmares.

BEAST OF BLUE

Once upon a time there was a strange and curious old creature who had a fine house in the country, a wealth of gold and silver, embroidered furniture, and coaches of a most disturbing design. This creature, which was not oft seen was said to be covered with matted bluish fur which made him so ugly, terrible, and foul that there was not a woman or girl whose nightmares weren't filled with his image.

One of the townsfolk, a lady of rank, had two daughters, who were perfectly beautiful. The creature wanting to possess and defile all that was lovely proposed to marry one of them, leaving the mother to choose which of the two she would give him. Neither of the daughters, however, would have him, and they sent him from one to the other, each being unable to make up her mind to marry a monstrosity such as he. A further reason which they found frightening in the prospect was, that it had been rumored he had already been married several times, and nobody knew what had become of his wives. The beast, in order to improve his chances and deceive the girl's parents, took the girls with their mother, three or four of their most intimate friends, and some other young people who resided in the village, to one of his country homes far in the darkest forest, where they spent an entire week. Nothing was thought of but excursions, hunting and entertainments, suppers; nobody went to bed; the whole night was passed in games and playing merry tricks on one another. In short, all went off so well, that the youngest daughter began to think that the skin of the master of the house was not so blue as it used to be, and that he was a very worthy man. Immediately upon their return to town the marriage took place.

At the end of a month, The Beast told his wife that he was obliged to take a journey, which would keep him away from home for six weeks at least, as he had business of great importance to attend to. He begged her to amuse herself as well as she could during his absence, to invite her best friends, and, if she liked, take them into the country, and wherever she was, to have the best of everything for the table.

"Here," said he to her, "are the keys of my two large store-rooms; these are those of the chests in which the gold and silver dinnerware, not in general use, is kept; these are the keys of the strong boxes in which I keep my money; these open the caskets that contain my jewels, and this is the master-key of all the rooms. As for this little key, it is that of the closet at the end of the long gallery on the ground floor. Open everything, and go everywhere except into that little closet, which I forbid you to enter, and I forbid you so strictly, that if you should venture to open the door, there is nothing that you may not have to dread from my anger!" She promised to obey his orders to the letter, and he got into his coach and set out on his journey.

The friends and neighbors of the young bride did not wait for her invitation, so eager were they to see all the rich treasures in the house, and not having ventured to visit her while her husband was at home, so frightened were they at his blue skin. They were soon to be seen running through all the rooms, and into the closets and wardrobes, each one more beautiful and splendid than the last. Then they went upstairs to the store-rooms; there they could not sufficiently express their admiration at the number and beauty of the hangings, the beds, the sofas, the cabinets, the elegant little stands, the tables, the mirrors in which they could see themselves from head to foot, framed some with glass, some with silver, some with gilt metal, all of a costliness beyond what had ever before been seen. They never ceased enlarging upon, and envying, the good fortune of their friend, who, meanwhile, took no pleasure in the sight of all these treasures, so great was her longing to go and open the door of the closet on the ground floor. Her curiosity at last reached such a pitch that, without stopping to consider how rude it was to leave her guests, she ran down a little back staircase leading to the closet, and in such haste that she nearly broke her neck two or three times before she reached the bottom. At the door of the closet she paused for a moment, calling to mind her husband's prohibition, and reflecting that some trouble might fall upon her for her disobedience; but the temptation was so strong that she could not resist it. So she took the little key, and with a trembling hand opened the rust-covered door of the closet.

At first she could distinguish nothing, for the windows were closed; in a few minutes, however, she began to see that the floor was covered with blood, in which was reflected the bodies of several dead women hanging on the walls. These were all the wives of the beast, who had killed them one after another in the most gruesome of fashions. She was ready to die with fright, and the key, which she had taken out of the lock, fell from her hand.

After recovering her senses a little, she picked up the key, locked the door again, and went up to her room to try and compose herself; but she found it impossible to quiet her agitation.

She now perceived that the key of the closet was stained with blood; she wiped it two or three times, but the blood would not come off. In vain she washed it, and even scrubbed it with sand and freestone, the stain was still there, for the key was an enchanted one, and there were no means of cleaning it completely; when the blood was washed off one side, it came back on the other.

The Beast returned that very evening, and said that he had received letters on the road, telling him that the business on which he was going had been settled to his advantage.

His wife did all she could to make him believe that she was delighted at his speedy return.

The next morning he asked her for his keys again; she gave them to him; but her hand trembled so, that he had not much difficulty in guessing what had happened.

"How comes it," said he, "that the key of the closet is not with the others?"

"If I must die," she replied, looking at him with streaming eyes,
"give me a little time to say my prayers."

"I must have left it," she replied, "upstairs on my table."

"Fail not," said The Beast, "to give it me presently."

After several excuses, she was obliged to go and fetch the key. The Beast having examined it, said to his wife, "Why is there blood on this key?" "I don't know," answered the poor wife, paler than death.

"You don't know!" rejoined The Beast; "I know well enough. You went into the closet. Well, madam, you shall go in again, and take your place among the ladies you saw there."

She flung herself at her husband's feet, weeping and begging his pardon, with all the signs of a true repentance at having disobeyed him. Her beauty and sorrow might have melted a rock, but The Beast had a heart harder than diamond.

"You must die, said he, "and at once."

"If I must die," she replied, looking at him with streaming eyes, "give me a little time to say my prayers."

"I give you half a quarter of an hour," answered The Beast with a smile, "not a minute more."

As soon as she found herself alone, she called her sister, and said to her, "Sister, go up, I pray you, to the top of the tower, and see if my brothers are not in sight. They promised they would come to visit me to-day, and if you see them, sign to them to make haste."

The sister mounted to the top of the tower, and the poor unhappy wife called to her from time to time, "Anne! Sister Anne! Do you not see anything coming?" and Sister Anne answered her, "I see nothing but the dust turning gold in the sun, and the grass growing green."

Meanwhile, The Beast, with a large cutlass in his hand, called out with all his might to his wife, "Come down quickly, or I shall come up there." "One minute more, if you please," replied his wife; and then said quickly in a low voice, "Anne! Sister Anne! Do you not see anything coming?" And Sister Anne answered, "I see nothing but the dust turning gold in the sun, and the grass growing green."

"Come down quickly," roared The Beast, "or I shall come up there."

"I am coming," answered his wife; and then called "Anne! Sister Anne! Do you not see anything coming?"

"I see a great cloud of dust moving this way," said Sister Anne.

"Is it my brothers?"

"Alas! No, sister, only a flock of sheep."

"Come down!" shouted The Beast.

"One minute more," replied his wife; and then she cried, "Anne! Sister Anne! Do you not see anything coming?"

"I see two horsemen coming this way," she replied, "but they are still a great distance off. Heaven be praised!" she exclaimed a moment afterwards. "They are my brothers! I am making all the signs I can to hasten them."

The Beast began to roar so loudly that the whole house shook again. The poor wife went down and threw herself at his feet with weeping eyes and disheveled hair. "It is of no use," said The Beast; "you must die!" Then, taking her by the hair with one hand, and raising the cutlass with the other, he was about to cut off her head.

The poor wife, turning towards him with her tear-filled eyes, begged him to give her one short moment to collect herself. "No, no," said he; "commend yourself to eternity," and, lifting his arm began to chop at the throat of his wife. The first blow of the cutlass stopped short as it found the back of her neck, but the second chop removed her head completely. The continued hacking soon transformed the bride into little more than chunks of shapeless flesh. At this moment there was such a loud knocking at the gate that The Beast, satiated with the ecstasy of butchery paused. It was opened, and two horsemen were immediately seen to enter, who, drawing their swords, ran straight at The Beast. He recognized them as the brothers of his wife, one a dragoon, the other a musketeer, and he therefore charged them immediately; they stood paralyzed by the sight of their remains of their former sister. The Beast now fully engorged with devilment and lust of blood released the men of their limbs. Their arms and legs were pulled mightily from their sockets with great spurts of ruby blood. The Beast all the while lapping at the warm sanguine wine covering his face.

The Beast, bathed in horror, began dragging the pieces into the small closet which no one was to ever enter. His only regret was that he had been so quick to dispatch the lives of his wife and her brothers. Had he the time, he would have introduced them to grisly worlds of suffering. He smiled thinking of the orifices he could have created and the most detestable ways they could be refilled.

His eyes twinkled with delight and his laughter filled the swollen air. He remembered now, her sister was still upstairs.

THE RATTLE IMP

There was once a poor Miller who had a beautiful daughter, and one day, having to go to speak with the King, he said, in order to make himself appear of consequence, that he had a daughter who could spin straw into gold. The King was very fond of gold, and thought to himself, "That is an art which would please me very well"; and so he said to the Miller, "If your daughter is so very clever, bring her to the castle in the morning, and I will put her to the proof."

As soon as she arrived the King led her into a chamber which was full of straw; and, giving her a wheel and a reel, he said, "Now set yourself to work, and if you have not spun this straw into gold by an early hour to-morrow, you must die." With these words he shut the room door, and left the maiden alone.

There she sat for a long time, thinking how to save her life; for she understood nothing of the art whereby straw might be spun into gold; and her perplexity increased more and more, till at last she began to weep. All the tables began to rattle and a strange mist filled the room, from it issued forth a curious little creature, who said, "Good evening, fair maiden; why do you weep so?" "Ah," she replied, "I must spin this straw into gold, and I do not know how."

The little thing asked, "What will you give me if I spin it for you?"

"My pure ruby necklace," said the maiden.

The imp took it, placed himself in front of the wheel, and whirr, whirr, whirr, three times round, and the bobbin was full. Then he set up another, and whir, whir, whir, thrice round again, and a second bobbin was full; and so he went all night long, until all the straw was spun, and the bobbins were full of gold. At sunrise the King came, very much astonished to see the gold; the sight of which gladdened him, but did not make his heart less covetous. He caused the maiden to be led into another room, still larger, full of straw; and then he bade her spin it into gold during the night if she valued her life. The maiden was again quite at a loss what to do; but while she cried the tables and chairs once again began to shake and the mist returned suddenly, as before, and the creature appeared and asked her what she would give him in return for his assistance. "The ring off my finger," she replied. The little Man took the ring and began to spin at once, and by morning all the straw was changed to glistening gold. The King was rejoiced above measure at the sight of this, but still he was not satisfied, but, leading the maiden into another still larger room, full of straw as the others, he said, "This you must spin during the night; but if you accomplish it you shall be my bride." "For," thought he to himself, "a richer wife thou canst not have in all the world."

When the maiden was left alone, the creature again appeared and asked, for the third time, "What will you give me to do this for you?"

"I have nothing left that I can give you," replied the maiden.

"Then promise me your first-born child if you become Queen," said he.

The Miller's daughter thought, "Who can tell if that will ever happen?" and, ignorant how else to help herself out of her trouble, she promised the imp what he desired; and he immediately set about and finished the spinning. When morning came, and the King found all he had wished for done, he celebrated his wedding, and the Miller's fair daughter became Queen.

Over the months the pageantry, galas and excitement of being a Queen caused her to forget that she had made a very foolish promise.

About a year after the marriage, when she had ceased to think about the little creature, she brought a child into the world. She hid the child away but soon after its birth, the mist returned and with it brought forth the creature who demanded what she had promised him so many months ago. The frightened Queen offered him all the riches of the kingdom if he would leave her her child; but the imp answered, "No; something human is dearer to me than all the wealth of the world."

The Queen began to weep and groan so much that the imp was delighted by the pain of her soul. Desiring that she suffer more he said,

"I will leave you for three days if you in that time discover my name you shall keep your child."

All night long the Queen racked her brains for all the names she could think of, and sent a messenger through the country to collect far and wide any new names. The following morning came the creature, and she began with "Caspar," "Melchior," "Balthazar," and all the odd names she knew; but at each the little Man exclaimed, "That is not my name." The second day the Queen inquired of all her people for uncommon and curious names, and called the Dwarf "Ribs-of-Beef," "Sheep-shank," "Whalebone," but at each he said, "This is not my name." The third day the messenger came back and said, "I have not found a single name; but as I came to a high mountain near the edge of a forest, where foxes and hares dare not to go, I saw there a little house, and before the door a fire was burning, and round this fire a very curious little Man who was dancing on one leg, and shouting:

"'To-day I stew, and then I'll bake,
To-morrow I shall the Queen's child take;
Ah! how famous it is that nobody knows
That my name is Rumpelstiltskin.'"

When the Queen heard this she was very glad, for now she knew the name; and soon after came the creature, and asked, "Now, my lady Queen, what is my name?"

First she said, "Are you called Conrad?" "No."

"Are you called Hal?" "No."

"Are you called Rumpelstiltskin?"

"No" squealed the imp jumping around the room full of horrible joy.

"But, one of my messengers heard you singing your name the night previous in your home!" said the Queen, her eyes full of tears.

"Did you think I knew not of your messenger? Did you think someone as crafty as I would do something as imbecilic as speak my own name? I know my own name I need not say it aloud!" screamed the little man smiling and revealing a mouth full of dark and sharp teeth.

The Queen being faint at the realization of her mistake collapsed to the floor.

The creature jumped up with dark delight and ran to the bassinet containing the child. As he peered inside he saw that the child looked plump and ripe with life. Shoving the child into a satchel the imp ran from the castle laughing.

When the Queen recovered she quickly saw her child was gone. She pleaded with her husband the King to send out a search party to recover the child; but the King, understanding now that he had been fooled, sentenced the Queen to death by guillotine. Her head was placed upon a spike outside the walls of the kingdom as a warning to all who would lie to the King; and her body was left in the corn fields to be picked apart by the crows. After many weeks the Queen's head vanished from atop the pole and her bones in the field had been carried away.

Somewhere on a mountain covered in strange mists, in the forest where creatures knew not to visit, a small impish man-thing delighted in feeding his child from a bowl fashioned of a Queen's skull and watching the infant play with a rattle made of bones brought by the crows.

THE ELVES

There was once a poor servant maid, who was very cleanly and industrious but skillful in the arts of thievery; she swept down the house every day, and put the sweepings on a great heap by the door. Hidden under the sweepings were the jewels stolen from her master and mistress. One morning, before she began her work, she found a letter, and as she could not read, she laid her broom in the corner, and took the letter to her employers to see what it was about; and it was an invitation from the elves, who wished the maid to come and stand godmother to one of their children.

The maid did not know what to do; and as she was told that no one ought to refuse the elves anything due to their mischievousness, so she made up her mind to go. So there came seven little elves, who conducted her into the middle of a high mountain, where the little people lived. Inside the mountain was a strange and curiously created world unlike any which the maid had ever seen. Here everything was of a very small size, but more fine and elegant than can be told. The elf-mother of the child lay in a bed made of ebony, studded with bones, the counterpane was embroidered with gold, the cradle was of ivory, and the bathing-tub of gold. The elves gave the maid weird tasting drink and the halls of each room were filled with swirling tendrils of reddish smoke which she found most disorienting. So the maid stood godmother, and was then for going home, but the elves begged her to stay at least three more days with them; and so she consented, and spent the time in mirth and jollity, and the elves seemed very fond of her. Often times the elves would sing;

Though we are small,
And many laugh,
Time is fast,

And quickly passed.
Our world is small
And time is short
A wondrous trick,
For those we court.

At last, when she was ready to go away, they filled her pockets full of millet, and led her back again out of the mountain.

When she finally returned to the land of her home she could not find the house, nor even her broom. The fields were almost unrecognizable and the strangers she passed were clothed in an exotic manner. Then came up some strangers and asked her who she was, and what she was doing. And she found that instead of three days, she had been 300 years with the elves in the mountain, and that during that time all her family and friends had died.

Upon realizing her misfortune she fainted and died while tiny laughter rolled forth from the mountains.

About the Authors

Charles Perrault, (1628 – 1703), was a French author who laid the foundations for a new literary genre, the fairy tale, with his works derived from pre-existing folk tales.

John E.L. Tenney, (1971-), is an author and lecturer who has been actively involved in the research and investigation of anomalistic phenomena and folkloric traditions since 1986.

Cómo
perdonar

cuando no sabes cómo hacerlo

Si este libro le ha interesado y desea que lo mantengamos informado de nuestras publicaciones, escríbanos indicándonos cuáles son los temas de su interés (Astrología, Autoayuda, Esoterismo, Qigong, Naturismo, Espiritualidad, Terapias Energéticas, Psicología práctica, Tradición...) y gustosamente lo complaceremos.

Puede contactar con nosotros en
comunicación@editorialsirio.com

4ª edición: junio 2010

Título original: HOW TO FORGIVE WHEN YOU DON'T KNOW HOW
Traducido del inglés por carmen Font Paz
Diseño de portada: Editorial Sirio, S.A.

©   de la edición original
     1993, Jacqui Bishop y Mary Grunte

©   de la presente edición

EDITORIAL SIRIO, S.A.	EDITORIAL SIRIO	ED. SIRIO ARGENTINA
C/ Panaderos, 14	Nirvana Libros S.A. de C.V.	C/ Paracas 59
29005-Málaga	Camino a Minas, 501	1275- Capital Federal
España	Bodega nº 8,	Buenos Aires
	Col. Lomas de Becerra	(Argentina)
	Del.: Alvaro Obregón	
	México D.F., 01280	

www.editorialsirio.com
E-Mail: sirio@editorialsirio.com

I.S.B.N.: 978-84-7808-741-9
Depósito Legal: B-26.287-2010

Impreso en los talleres gráficos de Romanya/Valls
Verdaguer 1, 08786-Capellades (Barcelona)

Printed in Spain

Jacqui Bishop y Mary Grunte

Cómo
perdonar
cuando no sabes cómo hacerlo

editorial Sirio, s.a.

Agradecimientos

Queremos agradecer su colaboración especialmente a un número considerable de personas sin las cuales este libro no sería lo que es. Nuestras más sinceras gracias a:

— En primer lugar, y como siempre, a nuestras pacientes familias, con su gran capacidad para expresar amor y perdón, que han sacrificado su tiempo y atención para respaldar este proyecto. Ellas, sin duda alguna, nos han desafiado a aprender lo que es el perdón día tras día.

— Leon J. Grunte, quien se entregó de lleno y por encima de la llamada del deber, especialmente en el cuidado de Doris Woods, madre de Mary.

— Jeanne y Rogers Bishop, por su amor y apoyo incondicionales.

— Los colaboradores que han escrito y aportado ideas para esta obra, quienes en un breve margen de tiempo fueron lo suficientemente amables y valientes para compartir con nosotros sus vivencias y su buen juicio. Estos colaboradores incluyen a: Jay Albrecht, Barbara Baxter, Diana Calder, el padre Denis A.V. Carter S.S.C., Gordon Clark, Joann Deutsch, Jonathan Forester, el rabino Joseph Gelberman, Gentle Giant, Leon J. Grunte, Herb Hadad, Jeff Halvorsen, Kate Hammerling, Lyalya Herold, Rosalie Joy, Barbara Hoberman Levine, Alexandria Rane, John y Elizabeth Sherrill, Laurie Stibbards, Corrie Ten Boom, Betty Tihansky, Irene Tomkinson, David Tomkinson y Helen Zeitlin.

— La empresa Landmark Education Corporation, cuyo curso insignia, *The Forum* (El Foro), ha sanado a muchas familias durante muchos años, pues concibe el perdón como una posibilidad y una realidad para miles de vidas, incluida la nuestra.

— Ken Binney por ser, como ya es habitual, un inestimable entrenador, heraldo y precursor del Método de Sanación de la Familia Interna.

— Eric Berne, padre del Análisis Transaccional y de la Teoría del Juego; Stephen Karpman por su brillante técnica del Triángulo del Drama para analizar juegos; damos las gracias también a Dan Casriel y Frankie Wiggins, cuyo Proceso de la Nueva Identidad es capaz de revelar la Proyección muy eficazmente.

— Joy Davey y Laurie Stibbards, cuya acogedora bienvenida a su colectivo, el Shalom Mountain Retreat Center en Livingston Manor, Nueva York, contribuyó a recopilar muchas de las historias que aparecen en este libro.

— Todo el equipo de la editorial Station Hill Press, especialmente a George y Susan Quasha, Cathy Lewis, Julie Parisi, y Anastasia McGhee, cuyas sensatas correcciones, buena orientación, respeto por el proceso creativo y reconocimiento del aspecto práctico de este libro han sido formidables.

Prólogo
Dr. Philip Zimbardo

Imagina que el cerebro humano es una especie de «pequeño almacén de los horrores», algo así como el gran museo Smithsonian Institution de Washington, donde el ala principal se dedica exclusivamente a mostrar las reliquias de todas las injusticias y el dolor que has experimentado a lo largo de tu vida. Cada objeto expuesto representa tu recuerdo de lo que alguien hizo o dejó de hacer y que te hirió. Brillantemente iluminado por la deslumbrante luz de tu resentimiento, cada uno de ellos emite el sonido de una banda sonora que se repite con voces enojadas y acusadoras. Las paredes se ven adornadas con horribles instrumentos de tortura y largas listas de penas que piensas exigir a tus malhechores. Y todo ello, cubierto de un espeso y pegajoso residuo de autocompasión que te impide avanzar hacia adelante en dirección al ala de las Nuevas Adquisiciones, donde los objetos rebosan satisfacción, alegría, y toda esa infinidad de delicias y fascinación que encierra la relación humana.

¿Puedes imaginarte lo que sería visitar, o aún peor, estar encerrado permanentemente dentro de una de estas salas del rencor? Para aquellos de nosotros que no han sido capaces de perdonar a los demás por injusticias reales o imaginarias, esa sala existe en nuestro interior. Esa Sala del Rencor es nuestra propia mente.

¡Y qué precio tan elevado pagamos por mantener este museo del resentimiento! Esta construcción negativa de nuestro propio pasado no sólo alimenta la ira, los pensamientos amargos, los impulsos reprimidos y las hostilidades candentes, sino que también vuelve a la mente contra sí misma de forma destructiva, fracturando de este modo el Espíritu Humano y crispando los lazos existentes en todas nuestras relaciones.

El mensaje sencillo, aunque profundo, que contiene este dinámico libro de Jacqui Bishop y Mary Grunte es que todo el edificio entero descrito anteriormente se desmorona ante el perdón. El perdón transforma la pasión por el castigo en pasión por la vida y crea la dignidad que proviene de perdonar a nuestros enemigos.

Esta verdad queda ilustrada con el estudio de los distintos casos prácticos y recuerdos personales, todos ellos cuidadosamente escogidos, que relatan cómo las personas, a través del perdón, han retirado los escombros del resentimiento que colman y entorpecen el sendero hacia su armonía interna.

Los lectores se ven obsequiados con una síntesis poco habitual de modernas ideas terapéuticas que explican cómo y por qué perdonar tiene un efecto mágico en nuestra mente y alma. Estas ideas giran en torno a los conceptos de la Sanación de la Familia Interna y la curación espiritual que surge al reconocer el perdón último representado modélicamente por Jesucristo.

Pero además de la orientación conceptual, la sabiduría que las autoras ofrecen es *práctica*. Aprendemos a abrirnos camino a través de los mitos que entorpecen nuestra adopción de una actitud predispuesta a perdonar. Aprendemos tácticas para perdonar que podemos llegar a dominar fácilmente. Esto es así porque las autoras definen muy claramente la verdad de que al perdonar a los demás nos perdonamos a nosotros mismos, ganamos autoestima, y liberamos nuestro propio espíritu para elevarnos hacia nuevas cumbres. La llave que abrirá un *nuevo tú* se forja en el crisol del perdón.

No hay tiempo que perder: *Ahora* es el momento de evitar que el dolor del pasado distorsione las alegrías del presente y arruine la promesa del futuro.

El vehículo para poder realizar estos cambios en tus actitudes, sentimientos y acciones es el amor que perdona: la fuerza impulsora de este impresionante libro.

Lo que al razonamiento del corazón le falta de lógica,
lo compensa con resultados.

Merry Browne

Introducción

1 *El perdón como un acto de autoestima*

El perdón es fundamentalmente sólo sentido común. La perspectiva de la venganza puede resultar dulce, pero provoca acidez de estómago. El odio corroe el cuerpo, la mente y el espíritu. Mantener el resentimiento requiere una cantidad de energía que produciría una mayor felicidad si se dirigiera hacia otra parte.

Además de ser una actitud sensata, el perdón es una de las mejores gangas del planeta. No sólo nos afirma, fortalece y libera, sino que también abre el corazón, instruye la mente y nos sitúa como vencedores en el Mundo del Espíritu. Un gran número de casos e historias ofrecen testimonio del poder del perdón para disminuir o eliminar los síntomas físicos del resentimiento prolongado, que pueden incluir dolores de cabeza, artritis, cálculos biliares, e incluso quizás senilidad.

Pero perdonar es más fácil de decir que de hacer. Resulta especialmente difícil perdonar a esas personas que creemos que nos han hecho mal cuando éramos demasiado pequeños como para defendernos nosotros mismos. Cuando se trata de heridas profundas, la ira y el resentimiento se desatan a lo largo de fases lentas, en muchos niveles, y a veces sólo por una experiencia cumbre o trascendental de gracia. Pero incluso después de perdonar —de sentir el perdón, actuar al respecto, reconciliarnos— seguimos sin entenderlo. El perdón es, en última instancia, un misterio.

Misterio o no, en nuestra lucha por liberar esa ira persistente, no cesamos en nuestros esfuerzos por entender, y descubrimos que el perdón en efecto ayuda. La electricidad ha desafiado todos los intentos de los científicos por definir su naturaleza esencial; no obstante, nuestro conocimiento parcial sobre ello nos permite encender luces en la oscuridad. De forma parecida, aunque aún no podamos adivinar la naturaleza esencial del perdón, podemos aprender bastante sobre cómo funciona en la práctica, y ser iluminados por él.

Nuestro propósito con este libro es poder contribuir en este aprendizaje y práctica como una forma de abrir algunas puertas, quizás de encaminarte a cruzarlas, y de indicarte el camino a seguir para una sanación más completa. Esto lo hacemos examinando los elementos y la dinámica del perdón: los jugadores, las piezas, las posibilidades y los procesos que han permitido a las personas perdonar.

Para despejar el camino hacia esa comprensión, el capítulo 2 cuestiona más de doce creencias muy generalizadas —todas ellas distorsiones o fantasías— que nos impiden perdonar. Por ejemplo, la expresión «perdona y olvida» es en gran parte poco apropiada en lo que concierne al perdón, tanto antes como después de perdonar.

En los capítulos 3 y 4 analizamos lo que es el perdón examinando quién es el que perdona y quién el perdonado. Aquí es donde introducimos el concepto de la Sanación de la Familia Interna, el cual proporciona un medio particularmente efectivo de perdonarnos *a nosotros mismos*, tal vez el componente más problemático del perdón con el que debemos tratar. El capítulo 5 propone un modelo de perdón, que nosotros llamamos «el Cauce del Perdón». Consta de tres partes principales: las etapas del resentimiento, el punto decisivo y las etapas del perdón. Uno de los aspectos importantes de este modelo es que deja patente la verdad de que el perdón puede darse con o sin una reconciliación, con o sin una reanudación del amor o el contacto, dependiendo de la situación y de las partes implicadas. Finalmente, y con este telón de fondo, examinamos también el fenómeno de la proyección, de crucial importancia en el proceso de pasar revista a la temática de la responsabilidad.

El capítulo 6 propone una forma de poder crear una imagen mental que nos acerque al perdón, incluso si la manera de llevarla a cabo no parece estar aún a nuestro alcance. El capítulo 7 describe técnicas efectivas para liberar los manantiales del perdón, y el capítulo 8 contiene historias de personas que han experimentado lo que es perdonar y ser perdonadas. Estas historias ofrecen un testimonio de que el perdón es una constante. Al igual que el agua, está ahí para nosotros siempre que queremos, y cuando tenemos sed y bebemos, es el elemento al que agradecemos la vida.

Recomendamos que el libro se lea más de una vez, principalmente porque esa parte de ti que quiere aferrarse a tus resentimientos tratará de bloquear tu comprensión. En ocasiones, la perspectiva de abandonar ciertas preciadas actitudes que convierten a los demás en los equivocados nos parece la muerte —aunque eso, como se verá, es en su totalidad dar vida.

Los hombres sabios de la historia, a lo largo de los siglos, han afirmado que el viaje más largo, con mucha diferencia con relación a otros, es el que nos lleva de la cabeza al corazón. Creemos que el perdón es uno de los atajos que existen, y que por tanto, está en funcionamiento en mayor o menor medida en toda vida próspera.

La rabia nos apega al objeto; clava nuestros pies en el suelo, por así decirlo, de manera que llegados a cierto punto no podemos seguir avanzando en nuestras vidas. El perdón afloja estos clavos, y nos deja libres no sólo para caminar, sino también para correr, bailar y volar.

Nota final: hace no muchos años, recibimos la inspiración para fundar una Facultad del Perdón, un entorno donde poner en práctica lo hablado pudiera convertirse en una realidad alcanzable para todos. La idea nos parece sensata, aunque dicha facultad es posible que nunca se halle enclavada en un campus. Tenemos Facultades de Enfermería, Ingeniería, Literatura, Bellas Artes, Matemáticas y Militares. Pero el perdón como actitud práctica, como uno de *los* actos que desafían al ego y primordial para la autoestima, necesaria para vivir una vida plena, sigue desatendido incluso por nuestros seminarios.

Este libro constituye nuestro primer paso hacia la elaboración del plan de estudios de esta Facultad del Perdón. Invitamos a todos los que estén interesados en dar forma e incorporar esta visión en el presente a que nos escriban o llamen. Entretanto, paz, *Shalom* y que Dios os bendiga.

Jacqui Bishop y Mary Grunte
Box 97, Bronxville, NY 10708
914-997-9611

19

2 *Lo que el perdón NO es: Mitos sobre el perdón*

¿Por qué no perdonamos? Gran parte de la dificultad que entraña perdonar a los demás se debe a que no nos hemos perdonado a nosotros mismos. Pero aún más importante, muy pocas personas comprenden verdaderamente la naturaleza y el significado del perdón. Por el contrario, nos engañamos con todo un montón de conceptos erróneos o mitos sobre lo que significa el perdón y ser perdonado. En vez de liberarnos para perdonar, nos quedamos atados y paralizados porque creemos que perdonar significa tener que hacer, ser, sufrir o creer algo que no podremos aguantar. He aquí trece de estos conceptos erróneos más comunes:

1. No puedo perdonar porque no puedo olvidar.

2. Si perdono a alguien sin sentirlo de verdad, me comporto como un falso.

3. Algunas personas no merecen ser perdonadas.

4. Si perdono, eso significa que tendré que confiar en esa persona.

5. Pedir perdón implica decir: «Estoy equivocado y tú tenías razón».

6. Perdonar a alguien le deja las manos libres para que vuelva a repetir lo que hizo.

7. Perdonar y pedir perdón son señales de debilidad.

8. Necesito estar enfadado para sentirme a salvo; si perdono estaré desamparado e indefenso.

9. Si renuncio a mi enfado, la persona quedará impune.

10. Las personas que se aman no tienen que pedir perdón.

11. No puedo perdonar hasta que la otra persona haya confesado, lo lamente de verdad, y diga que no lo va a volver a hacer.

12. Si he olvidado, significa que he perdonado.

13. Si pido disculpas, la otra persona debería perdonarme.

¿Te sientes identificado con alguno de estos mitos? Si es así, prepárate a respirar tranquilo. Sigue leyendo.

Perdonar y olvidar significa tirar
valiosas experiencias por la ventana.

Schopenhauer

MITO 1

No puedo perdonar porque no puedo olvidar.

Todos nosotros hemos experimentado una constante —a veces insana— obsesión con el dolor y la rabia de una herida íntima. Cerca de ser un dolor físico, no hay ninguna otra cosa que acapare nuestra atención. Mientras esta obsesión persista en nuestra conciencia, no habremos perdonado. Para ser libres, tenemos que dejar atrás ese enfoque negativo.

Pero la obsesión no es lo mismo que el recuerdo de los hechos de unas acciones y sus consecuencias. *Tenemos* que recordar lo que ocurrió antes y después de perdonar. En primer lugar, tenemos que recordar el mal, porque si todo con lo que contamos es un resentimiento sin límites, si ni siquiera sabemos cuál es el motivo de nuestra ira, resulta difícil centrarse lo suficiente como para perdonar. Es extremadamente difícil liberarse de algo cuando ni siquiera sabemos que nos aferramos a ello.

Tampoco creemos que la mayoría de personas deban olvidar después de haber perdonado. Casi toda herida que requiere un perdón contiene también un aprendizaje: un aprendizaje cuya etiqueta marca un precio muy elevado. No se trata de recordar todos los detalles desagradables, sino que sería un poco como convertir el estiércol en fertilizante. La memoria es lo que transforma el estiércol del dolor en algo que proporciona un rico fertilizante, para que después se recojan abundantes cosechas.

Lo que *puede* olvidarse es la carga emocional relacionada con los recuerdos. Al igual que los dolores del parto, cuando nace el milagro del perdón, la carga del dolor puede soltarse, terminar y dejar que fallezca. El tema objeto de preocupación ya no está en nuestra mente.

MITO 2

Si perdono a alguien pero no lo siento, me comporto como un falso.

Es muy común tomar la decisión de perdonar intelectualmente, pero ser emocionalmente incapaces de convertirla en una realidad en nosotros mismos.

Una persona cuya pareja se fugó con otra había experimentado anteriormente la liberación que supone perdonar y crecer.

Sobre la base de esa experiencia, la persona adoptó el firme compromiso en ese momento de perdonar a su compañero sentimental, pero no podía decirse que esa persona se sintiera en paz y lo hubiera verdaderamente asumido —enfadada y desamparada, traicionada y abandonada, suicida y homicida era una descripción más precisa de su estado—. El compromiso de olvidar iba muy por delante de los procesos emocionales y mentales de esta persona.

No obstante, ya que el compromiso seguía en pie, la persona iba avanzando en el sendero del perdón, así que en cierta forma era como si hubiera perdonado.

En este sentido, perdonar no es un sentimiento; es un acto de voluntad. Eso significa que la decisión de perdonar puede tomarse basándose nada más que en el sentido común que nos informa del elevado coste del odio, y en una disposición para cambiar mientras se nos dé la fuerza y la libertad para así hacerlo.

Si no deseas ser propenso a la ira, no alimentes el hábito.

Epícteto

MITO 3

Algunas personas no merecen ser perdonadas.

Algunas veces el crimen de una persona contra otra es tan increíblemente atroz, que el perdón parece algo inconcebible. Han existido asesinos de masas por cuyas órdenes millones de personas han sido torturadas, asesinadas, quedaron huérfanas y viudas. ¿Cómo puede un judío perdonar a Adolf Hitler? ¿Cómo puede un ruso o un ucraniano perdonar a Lenin o a Stalin? ¿Cómo pueden los supervivientes de graves abusos sexuales perdonar a los miembros de una secta satánica que brutalmente violaron el deber de prestar cariño al que todo niño tiene derecho? Quienes cometieron esos abusos ni han sufrido ni se han arrepentido de sus acciones abominables, y si se les brindara la oportunidad, probablemente continuarían perpetrándolas. Esas personas no parecen seres humanos.

Tanto si se trata de cien vidas o de una a las que esa persona ha causado algún daño, nuestro grito: «no merece ser perdonado» resuena entre la angustia y la rabia. El problema es que las mismas palabras que utilizamos piden que *invirtamos energía* manteniendo a esa persona como culpable.

Pero hay otra forma de enfocar la cuestión. Uno de sus defensores y practicantes es el rabino Joseph H. Gelberman, del *New Seminary* (Nuevo Seminario) de Nueva York. Perdió a toda su familia —esposa, hijo y padres— en el holocausto nazi, y ha afirmado a cientos y cientos de personas que ha sido capaz de *liberarse*. Dice:

«La mayor parte de mis compañeros llevaban a Hitler en su interior cuando llegaron a este país; estaban constantemente expresando su ira y hostilidad, y al final eso acabó matándoles. Pero yo me quise asegurar cuando llegué a este país de que él no pudiera matarme.

»Yo no puedo perdonar a Hitler en nombre de mi esposa o hijo, o de mis padres, pero puedo elegir vivir para ellos, no para Hitler. En vez de la ira y la hostilidad, yo incorporé a mi vida la alegría de la que mi familia se vio privada, y a la que tenían derecho. Resolví llenar mi vida con el bien que ellos deberían haber tenido.

»No fue fácil, por supuesto. Se nos enseña a estar enfadados cuando experimentamos una pérdida o dolor, y desprenderme de esa ira me costó años y años de pensar y rezar. Pero esto me ayudó, y quizás ayude a los demás. Moisés en su discurso de despedida a los israelitas, dijo: "Os he hablado de la maldición y la bendición, de la vida y de la muerte. Y yo os digo, escoged la vida".

»Así que escogí la vida. La ira no ayudaba —tenemos nuevos nazis ahora mismo aquí en Alemania—. Pero si nos concentráramos en nosotros mismos, y en la alegría, la paz y la armonía, no existirían estas cosas.»

Desear el perdón no es la cuestión. En realidad, la palabra griega para referirse al perdón significa literalmente «soltarse»: ni más, ni menos. Lo ideal sería que la persona que nos ha causado el daño se arrepintiera y estuviera dispuesta a compensar de alguna forma ese daño. Pero muchos de nuestros ofensores no lo hacen así y viven sus vidas alegremente como si ni siquiera existiéramos. La dura realidad es que, tanto si ellos se arrepienten como si no, quien paga el precio de nuestra falta de perdón somos nosotros, no la otra persona.

Es importante que las personas
que trabajan para ti sepan lo que tú toleras.
Es igualmente importante que
sepan también lo que no tolerarás.

Anónimo

MITO 4

Si perdono, eso significa que tendré que confiar en esa persona.

He aquí un ejemplo de cómo las personas pueden quedarse estancadas en su falta de capacidad para perdonar cuando confunden el perdón con la confianza:

«Yo solía perdonar a mi marido cuando él cometía actos que me herían, pero su comportamiento nunca cambió, y cada vez me enfadaba más. Cuando le perdonaba, todo lo que hacía era salir y repetirlo de nuevo. No podía confiar en él.

»Ahora no puedo perdonar a mi marido por engañarme. Sólo el cielo sabe con quién me engañó —temía que me acabara contagiando de sida o alguna infección—. Él dice que siente lo que ha hecho y yo le creo, pero esto no le impide culparme a mí por todo lo demás. Tal como yo lo veo, si él pudo encontrar lo que cree que es una buena razón para engañarme una vez, puede encontrar una buena razón para

30

hacerlo de nuevo, y yo no quiero que me vuelvan a tomar el pelo. Me hace sentir como una tonta. Le perdonaré cuando sepa que es de fiar.

»No me gusta nuestra situación actual, pero estoy entregada al bienestar de mis hijos; yo no puedo sostener por mí misma toda la carga económica que esto comporta, así que necesitamos los ingresos de mi marido. También le quiero. No sé cómo me las voy a arreglar para vivir con alguien en quien no puedo confiar, y eso es algo que también me irrita.

»De alguna manera, si quiero continuar con este matrimonio, y esa es mi intención, tengo que hallar la forma de llegar a un acuerdo sobre qué cosas aceptamos, para no asustarme cada vez que me tome el pelo.»

Se puede escuchar su lucha interna; es una lucha de poder en la que una parte de ella está pidiendo que él cambie —se convierta en una persona de confianza— antes de perdonarle. En realidad, ella está condicionando su perdón a que él sea digno de su confianza, y eso la mantiene atrapada.

Le ayudaría saber que el perdón y la confianza son virtudes distintas la una de la otra, y que ambas también lo son de la reconciliación.

— *Perdonar* significa esencialmente abandonar nuestra insistencia en permanecer enfadados y desear venganza, devolviendo el abuso sufrido directa o indirectamente, por ejemplo, hablando constantemente mal de esa persona. El perdón tiene lugar cuando el recuerdo del incidente ya no conlleva una carga emocional.

— *Confiar* es esperar que la otra persona se comporte de una cierta forma porque dice que así lo hará o se describe a sí misma como una persona de confianza. Si alguien falta a su palabra, no cumple su contrato, entonces confiar en él no es apropiado. *La confianza, cuando se pierde, debe recuperarse.*

La confianza se restablece cuando las expectativas depositadas en la persona y su comportamiento se corresponden durante un período lo suficientemente largo como para crear la confianza en *las dos* personas, que les asegure que ciertas expectativas se cumplirán.

— *Reconciliarse* significa volver a comprometerse a respetar un acuerdo que ha sido violado. O dicho acuerdo se reanuda tal como se entendió en un principio, o se modifica para que articule el cambio de algunas expectativas. En cualquiera de los dos casos, expresa el compromiso de mantener una relación continuada.

La reconciliación acaba cuando ambas partes están mutuamente en armonía.

La reconciliación depende de que ambas partes estén dispuestas a realizar una inversión emocional y asumir el riesgo de confiar otra vez la una en la otra. De este modo, se avanza de la sanación de quien perdona a la sanación de la relación.

En la mayoría de casos en los que no hay una voluntad de perdonar, se produce una lucha de poder en la que la víctima pide a la otra persona que cambie, mientras que la víctima no lo hace. El argumento utilizado por ella es que la otra persona cometió el acto injusto, y que por tanto no es culpable y no tiene por qué cambiar.

MITO 5

Pedir perdón implica decir:
«Estoy equivocado y tú tenías razón».

Esta lucha de poder a menudo se centra en las diferencias entre lo que cada persona consideró que era apropiado hacer en esas circunstancias: «tendrías que haber hecho esto y lo otro», o «cualquiera lo habría hecho mejor». He aquí un ejemplo:

Cuando Hal expresó su consternación por el hecho de que, sintiéndose mal, tuvo que retirarse, y que eso había pasado inadvertido, a Pat le sonó como una queja furiosa contra ella por no haber intuido, ella y las otras personas presentes, lo que él necesitaba. Pat se sintió manipulada y enfadada. Ella contestó que no tenía por qué hacerse responsable de leer sus pensamientos, y que él debía haber sabido explicarse, y pedir a alguien lo que necesitara. Hal dijo que no quería que nadie le leyera el pensamiento; que simplemente estaba expresando un poco de tristeza, y que simplemente necesitaba ser escuchado, y que por cierto, ella debería haberlo advertido. Él se mostró ofendido, y calificó de sádica la respuesta de Pat... No era consciente de ningún enfado por su parte. ¿Quién tenía razón? Un atento observador de este incidente reconoció que ambos tenían su parte de razón, y la discusión no acabó ahí.

De hecho, la discusión sobre quién tenía la razón y quién no no era relevante. El perdón no tiene nada que ver con quién tiene la razón y quién no. El único motivo por el cual se necesita el perdón es porque alguien se aferra a su ira o su dolor. Se puede perdonar o pedir perdón si la otra persona estaba equivocada y tú tenías razón, o viceversa, o si ambos teníais razón o ambos estabais equivocados. Pedir perdón significa pedir a la otra persona que deje de estar enfadada y renuncie a su «derecho» a castigar o actuar por venganza. *Eso es todo.*

El perdón hace borrón y cuenta nueva para que ambas personas estén bien, para que ambas partes puedan «ganar», y se puedan comunicar de nuevo. Eso no es posible cuando la venganza y la represión siguen siendo opciones viables.

Si ése es el mito al que te aferras, ten en cuenta que tener razón te importa más que estar verdaderamente en paz contigo mismo.

Si juzgas a las personas, no tienes tiempo para amarlas.

MITO 6

Perdonar a alguien le deja las manos libres para que vuelva a repetir lo que hizo.

El miedo a tener la sensación de que se condona lo imperdonable impide a muchas personas perdonarse a sí mismas y a los demás. Nosotros conocemos el caso de una alcohólica, una mujer joven procedente de una familia con discapacidades. Ella está ahora en Alcohólicos Anónimos, pero ha habido momentos en los que, llena de rabia contra su esposo, la tomaba con sus hijos, gritándoles y pegándoles. La idea de perdonarse a sí misma la aterrorizaba, por temor a que simplemente volviera a repetir lo que hizo. También creía que ni siquiera Dios la perdonaría.

Pero no se puede utilizar la falta de perdón para controlar el comportamiento, ya sea el propio o el de otra persona. De hecho, la falta de perdón puede incluso evocar el comportamiento temido. Todo a lo que te resistes, persiste. En cualquier caso, incluso si la persona va y lo hace otra vez, eso no tiene nada que ver con el hecho de perdonar. *El Perdón en sí mismo, y de por sí, es para quien perdona, no para el perdonado.* Libera al que perdona de tener que reproducir mentalmente una y otra vez esa escena que le hiere, y también de la necesidad de adoptar una postura defensiva u ofensiva emocionalmente costosa hacia el ofensor. Detiene la lucha de poder que subyace en tantas actitudes de no perdón, y suscita la pregunta apropiada: suponiendo que esta persona no cambie, ¿qué haré *yo* para arreglármelas con su comportamiento?

Los hombres con los puños cerrados no pueden dar la mano.

Enseñanza sufí

MITO 7
Perdonar y pedir perdón son señales de debilidad.

«Perdonar es de débiles es una de las canciones preferidas del ego» fue el comentario de un joven, cuya historia es la siguiente:

«Fui infiel a mi mujer y ella lo sabe. Luché durante todo un año para pedirle perdón, y cada vez que iba a hacerlo, en vez de decirle que me perdonara, no paraba de repetirle: "siento lo que he hecho, pero tú me impulsaste a ello, por acusarme de acosar sexualmente a nuestros hijos", y eso no era verdad. Yo creía que si realmente le pedía perdón, eso me dejaría totalmente inerme.

»Dejaría todo el poder en manos de mi mujer. Me volvería un endeble, y eso era algo a lo que no me arriesgaría. Así que me negué a perdonarla por estar enfadada conmigo, y de esta forma yo no tenía que pedirle perdón por lo que había hecho.

»En mi mente, tenía una imagen de mis dos puños cerrados: en uno sostenía mi indignación —¡Cómo se atrevía ella a acusarme!— y en el otro mi vergüenza —¿Cómo podría alguien perdonarme?—. Pero cuando alguien me dijo: "¿por qué no abres tus manos y dejas sobre la mesa tu indignación y tu vergüenza?", entonces cambié. Fui capaz de mirar a mi mujer a los ojos y pedirle que me perdonara, porque verdaderamente me arrepentí de mis acciones y me responsabilicé de ellas. Mi mujer no me obligó a engañarla; no pudo haberme obligado si yo no lo hubiera decidido hacer por mí mismo. Ahora que en verdad ya he dejado de mentir sobre quién era el responsable de estas acciones me siento honesto otra vez: no es gran cosa, pero al menos no miento.»

Todo aquel que haya recorrido el sendero del perdón sabe que siempre existe un momento en el que, si pedimos perdón, podríamos ser rechazados.

Exponernos a ese rechazo es sólo para valientes, porque requiere de nosotros que dejemos a un lado la máscara de nuestro orgullo, nuestra principal protección contra el abandono. Este acto no tiene nada que ver con la disculpa que procede del temor o la debilidad, y que está pensada para apaciguar a la otra persona. El perdón y el arrepentimiento verdaderos producen autoestima, y de ésta surge un deseo de afirmar y fortalecer la verdad en uno mismo. Son en realidad una manifestación de poder creativo.

Sólo el cielo está coronado, aunque
no conquistado, cuando te dice: «Perdonado».

Adelaide Ann Procter

MITO 8

Necesito estar enfadado para sentirme a salvo; si perdono estaré desamparado e indefenso.

Conocimos a un hombre hace muchos años que dirigía un centro de rehabilitación para ex reclusos en un gueto de una extensa área metropolitana. Cuando tuvo que enfrentarse a la cuestión de si tenía que perdonar o no a una persona que había amenazado a su esposa e hijos, y que había causado considerables daños a su centro, no podía decidirse a perdonar porque, según dijo, «puedo reunir la fuerza para tratar con esta persona sólo si estoy lo suficientemente furioso. Sin este furor, no soy lo suficientemente fuerte, y no asumiré ese riesgo». Dados los peligros muy reales de la situación en la que trabajaba, tenía que mantener su furia de forma bastante constante, y por tanto, no nos extrañó saber al cabo de unos años que estaba postrado en cama tras sufrir un derrame cerebral.

Hay que entender que no hay nada malo en la ira. Cuando nosotros recomendamos dejar de estar enfadado con alguien, no estamos diciendo que la ira sea mala. Al contrario, la ira, al igual que todas las emociones, sirve para un propósito positivo. Por ejemplo, nos proporciona energía física para luchar cuando nos vemos amenazados, y resistencia cuando necesitamos seguir con determinación. Le indica a nuestro intelecto cuándo hay algo incorrecto que debe solucionarse. No se trata de dilucidar si la ira es buena o mala, sino de utilizarla para capacitarnos o para impedirnos avanzar hacia adelante.

Debemos comprender tres cuestiones referentes a la ira, la seguridad y el perdón:

— *Una persona puede perdonar a otra sin tener que renunciar al derecho a utilizar la ira en defensa propia.* Perdonar significa desprenderse de la ira y el pensamiento enojado por hechos específicos del pasado, no abandonar el poder que proviene de utilizar la ira adecuadamente.

— *Es cierto que la adrenalina generada por la ira intensa ayuda a una persona a luchar, pero no es cierto que se requiera ese tipo de ira para ser lo suficientemente fuerte para ganar.* De hecho, la ira puede contribuir a perder, porque algunas personas tienen problemas a la hora de pensar clara y creativamente entre diferentes posibilidades cuando están enfadados.

La persona que dice: «*necesito estar enfadado con esta persona para sentirme a salvo*», ha asignado poderes mágicos a la ira, el poder de mantener a distancia el daño sufrido, tanto aterrorizando a las personas como manteniéndose alerta ante la posibilidad de traición o ataque, o simplemente erigiendo un muro de contención ante todo lo que se interponga en su camino.

— *Cuando la ira está impulsada por un intenso temor y se considera como la clave para la supervivencia, esa ira debe alimentarse con cantidades cada vez mayores de estímulos para que pueda perdurar.* Esto equivale a tener a un monstruo como perro guardián. Pide cada vez más comida y crece sin cesar hasta que los inquilinos de la casa a la que se tenía intención de proteger están también sometidos a él e incluso pueden llegar a ser utilizados como pienso para mantenerlo vivo. Para decirlo de otro modo, esta ira adopta una existencia propia, y junto con la adrenalina que genera dirige nuestras vidas, de forma muy parecida a como lo hacen el alcohol y las drogas. Los *iradictos* y otras personas adictas al control son generalmente víctimas de este tipo de desequilibrio. Las personas que no pueden desembarazarse de esta clase de ira frecuentemente mueren de sus efectos. Ataques al corazón, hemorragias cerebrales, cáncer, y toda una serie de otras diversas enfermedades mortales se han atribuido a la tensión que esta ira crea.

Si le debo al Sr. Smith diez dólares,
y Dios me perdona, eso no paga al Sr. Smith.

Anónimo

MITO 9

Si renuncio a mi enfado,
la persona quedará impune.

Cuando somos jóvenes, carecemos de las defensas psicológicas que posteriormente nos protegen de la energía emocional adversa. Somos muy vulnerables a la negatividad emocional. Alguien que está crónicamente enfadado, en silencio o no, puede crear tal tensión emocional en un hogar que apenas se pueda soportar.

Es de lo más natural que los niños concluyan que la ira es una forma de castigo. Por consiguiente, cuando nos sentimos heridos y queremos igualar el marcador —crear un justo equilibrio de ese dolor— no es de extrañar que utilicemos la ira, la rabia y el odio como armas. Nos resultaba doloroso de niños, y suponemos que puede provocar dolor en otras personas cuando somos adultos.

Pero a pesar de que esa ira puede crear, y en efecto crea, dolor en nuestros hijos, tal como lo creaba en nosotros, nuestra ira adulta no tiene semejante poder sobre los adultos que no viven con nosotros. No podemos

44

causar daño a otros adultos sólo con exteriorizar nuestra ira, a menos que estos explícitamente lo permitan. Al único adulto al que podemos verdaderamente hacer daño es a nosotros mismos: el ofensor tropieza en el atardecer, sale ileso, quizás incluso se regocija, sabiendo que estamos total e inútilmente atrapados en nuestra impotente propia rabia contra él.

«Estaba muy enfadado conmigo mismo. Estaba enfadado por no haber visto cuán estropeada estaba esa relación. Estaba casi igual de enfadado conmigo mismo por no haber defendido mis valores. Me había traicionado.

»Tardé una eternidad en enfadarme con Andy, pero cuando al final lo hice, estaba furioso. No quedaba ni un sólo compromiso en firme, y yo estaba decidido a que Andy pagara por ello. Lo peor era que Andy era rico, feliz, se había casado de nuevo y era totalmente intocable. Me veía absolutamente incapaz de causarle algún tipo de daño, a pesar de que lo ansiaba profundamente. Todo lo que tenía era mi rabia, y estaba absolutamente decidido a dirigirla contra la forma de proceder de Andy tanto como pudiera. Y así lo hice.

»Yo rezumaba hostilidad y cinismo. Casi chirriaba de indignación. Me encontraba en un estado de ansiedad constante. Estalló mi artritis, y sufría constantes dolores de cabeza. No podía dormir por culpa del odio. Pero no fue hasta que un antiguo amigo nuestro dijo que tenía un aspecto terrible, cuando de repente caí en la cuenta. Siempre había sido muy consciente de mi buen aspecto, y esa persona no pudo llamar mi atención más rápidamente de ninguna otra forma, aunque hubiera gritado: «¡Fuego!». Me miré al espejo, y parecía 20 años mayor de lo que soy. En realidad estaba permitiendo que Andy me robara 20 años de mi vida. ¿Hace falta decir más?»

Es más fácil perdonar a un enemigo que a un amigo.

William Blake

MITO 10

Las personas que se aman no tienen que pedir perdón.

Cuando dos personas al principio se enamoran, cualquier pequeña transgresión parece ser engullida no sólo por la pasión y la excitación de descubrir y ser descubierto, sino también por una reserva de confianza en las buenas intenciones mutuas, por una suposición de buena voluntad. Temporalmente nos vemos arrastrados por el sueño de la infancia de amar y ser amados incondicionalmente.

Las personas albergan la ilusión de que este amor romántico e idílico puede durar indefinidamente, pero la vida evidencia de forma dolorosa que esto no es así. En primer lugar, están las pequeñas trivialidades. Cuando dos personas viven independientemente sin tener que tratar con las cuestiones prácticas de quién hace la limpieza, pone la lavadora o paga las facturas, las perspectivas se presentan románticamente idílicas. Pero cuando comparten una misma casa, descubren que incluso compartir el cuarto de baño puede resultar un infierno. Miles de pequeñas cosas pueden actuar sobre nuestra psique como el goteo de agua de una tortura china.

Además del poder de las trivialidades para volvernos locos, está la vulnerabilidad de permanecer cerca de la otra persona. Quien escribió: «Amar es no tener que decir nunca lo siento» o era un ingenuo o vivió solo toda la vida. ¿Quién está en mejor situación de ser herido —conscientemente o no— que la persona a quien hemos abierto nuestro corazón de par en par? ¿Cómo sería posible vivir y trabajar juntos sin dejar que el otro supiera que lamentamos su insensibilidad en pequeñas cosas y los excesos de poca importancia, eso sin mencionar los grandes engaños?

El amor romántico y el perdón, más que ser redundantes o excluirse mutuamente, son absolutamente esenciales el uno para el otro, porque todos nosotros nos engañamos a nosotros mismos y a los demás diariamente. El dolor y el remordimiento que resultan de ello deben sanarse si queremos evitar que destruyan lo que más queremos.

MITO 11

No puedo perdonar hasta que la otra persona haya confesado, lo lamente de verdad, y diga que no lo va a volver a hacer.

Sienta muy mal saber que nos ha tocado la parte injusta de una situación y que a la otra persona ni siquiera le importa o que se regocija con nuestro dolor. ¿Cómo podemos perdonar a alguien que no siente ninguna clase de remordimientos, compasión, amor o dolor? No es justo. ¿Por qué nosotros debemos quedarnos con todo este dolor y la otra persona no sufrir nada? Yo creía que esa persona me tenía afecto.

Si yo te he hecho algo malo, tú quieres saber de alguna forma u otra que me sabe mal que tú te sientas mal, y que estoy dispuesto a sentir dolor por haberte fallado, por no haber estado a la altura de lo que se esperaba. Si yo he violado un voto o roto un solemne compromiso, no puedo lanzarte un «lo siento» y esperar que me perdones en lo más mínimo si no hay ningún indicio de que me he arrepentido o que he pagado un precio por mi error.

El problema es que estar enfadado hasta que yo me arrepienta es una situación sin salida para ti, porque esto te deja en manos de mi comportamiento. Estás atado de forma inextricable; lo que ya ha sido doloroso en su momento lo continúa siendo una y otra vez. La lucha de poder para que te ame y esté por ti de la forma que tú quieres nunca puede ser del todo ganada excepto desde tu propio interior.

MITO 12

Si he olvidado, significa que he perdonado.

«Está bien, olvídalo. No quiero enfadarme, y tampoco quiero que te veas inmerso en tu culpabilidad. Estoy ya cansado de todo esto. *Olvidémoslo.*» Y la persona realmente lo deja desaparecer de su mente consciente. Al cabo de unas semanas, ha desaparecido por completo. ¿De verdad?

Existen dos tipos de olvido en torno al perdón. Uno surge del amor y la comprensión, y de saber que se está a salvo de un daño considerable. No conlleva ninguna carga emocional, ni cansancio ni irritación. Al contrario, va acompañado de unos sentimientos agradablemente cálidos de compasión y/o buen humor respecto al evidente arrepentimiento del ofensor y su disposición a restituir el daño. Los buenos sentimientos también pueden tener algo que ver con haberse anticipado al problema, esquivando hábilmente un estallido perjudicial, y retrayéndose para ocuparse de la persona.

En el otro tipo de olvido, la ofensa sigue estando presente cuando la necesitamos para justificar la venganza. Un hombre llamado John Berry dijo: «perdona a tu vecino antes de olvidar la ofensa», sabiendo que lo que desaparece de la mente consciente sin ser perdonado va a hundirse, indefectiblemente, en la ciénaga de los rencores guardados, donde fermenta hasta que llega el día en que esa persona se las tenga que pagar a uno.

MITO 13

Si pido disculpas, la otra persona debería perdonarme.

«*Dije* que lo sentía, ¿qué más quieres?» Algunas personas creen que con reconocer que han transgredido algo, en cierta medida ya cumplen con la obligación del ofensor respecto al tema en cuestión, y que eso debería dar por zanjada la situación. «¿Por qué pegar a un caballo muerto? Lo hecho, hecho está. Sé que no es justo, pero tampoco lo es la vida.»

Pero decir «lo siento» a menudo es como echar azúcar al estiércol de vaca: el pastel de estiércol de vaca sigue sin parecerle apetitoso a la persona que ha tenido que comérselo.

Las personas que se sienten injustamente tratadas quieren algún tipo de justicia; piensan en la imagen de la mujer con los ojos vendados y la balanza equilibrada. Esa es la ventaja del ojo por ojo y diente por diente: como mínimo, la víctima inicial no se siente como la única perdedora. Es más, la víctima quiere poder salir de esta situación de perdedora y pasar a una posición de ganadora; en términos humanos, no ser el perdedor significa normalmente hacer que la otra persona lo sea. Incluso la mentalidad de que ambos tienen que ganar, lo que representa ya un paso más allá del eje ganar-perder, parece normalmente un compromiso.

Lo que nosotros proponemos representa un paso más allá del eje ganar-ganar, más allá del sentido de ganar o perder. En lo que realmente consiste el perdón es en recobrar la integridad: una distinción en la que ganar y perder son en gran medida conceptos irrelevantes.

El perdón es algo curioso.
Calienta el corazón y enfría el escozor.

McKenzie

3 *¿Qué es el perdón?*

En realidad no podemos expresar con lucidez la naturaleza exacta del perdón, porque cuánto más se ahonda en ella, más niveles, sutilidades y posibilidades descubrimos que contiene. Es un tipo de energía. Es una decisión. Es un sentimiento. Es un misterio que excede en gran medida la capacidad de descripción de las mismas palabras. No obstante, muchos de nosotros podemos relacionar las *experiencias* asociadas al perdón:

1. *Conexión*: franqueza con uno mismo y la otra persona.
2. *Aceptación* de que alguien cercano a nosotros que nos hiere puede también amarnos.

3. *Clara diferenciación de la individualidad*: saber visceralmente que la acción de otra persona define quién es *ella*, no quiénes *somos nosotros*.

4. *Paz*: pensamientos de buena voluntad.

5. *Libertad* de elegir mostrarse cercano o distante con esa persona.

6. *Capacidad de servir* a la persona sin resentimiento.

7. *Alegrarse* de su buena suerte.

8. *Igualdad*: sentir que se está físicamente a la misma altura que la persona que nos hiere, y que también es igual a nosotros en otros aspectos.

9. *Liberarse* de la autocompasión: sabiduría procedente de la experiencia; en algunos casos, la capacidad de tomarse un poco a la ligera lo que ocurrió, o incluso reírse de ello y de la importancia que le dimos.

10. *Autoaceptación*: afecto hacia nosotros mismos, compasión hacia nuestro dolor.

Estas experiencias no definen el perdón en sí mismo, sólo sus resultados. Lo que sí demuestran es que el perdón es algo poderoso, deseable y que merece la pena esforzarse por conseguir.

El diccionario Webster de la lengua inglesa define el verbo *perdonar* de la siguiente manera:

I. Abandonar el resentimiento o el deseo de castigo; dejar de estar enfadado; indultar.

II. Abandonar toda reivindicación de castigo o de exigir una pena por un delito u ofensa; excusar.

III. Cancelar o remitir algo, como una deuda, multa o pena.

A pesar de la aparente claridad de esta definición, se describe lo que las personas *hacen* cuando perdonan; no describe el poder que disuelve el odio.

He aquí otras afirmaciones que se pueden realizar sobre la naturaleza del perdón:

— La decisión surge de un compromiso de estar en paz con uno mismo y los demás.

— La acción implica abandonar una actitud negativa fija hacia alguien.

— Los resultados benefician a la persona que perdona, más que al perdonado.

— El proceso tiene lugar en varios niveles en una secuencia que parece ser única para cada persona y a veces en cada caso.

— Su consecución resulta ser una expresión de nuestra autoestima.

Aunque ninguna de estas definiciones concreta la naturaleza del perdón, cada una de ellas consolida sin duda alguna el perdón como algo deseable. Con el fin de incrementar las posibilidades de poder liberar el perdón en nuestra propia vida, se examinan a continuación las cuestiones de quién perdona y quién realmente es perdonado.

4 ¿Quién perdona?
¿Quién es perdonado?

Esta sección estudia la pregunta de: «¿Quién perdona?» desde cuatro perspectivas distintas. Primero, exploramos la dinámica de la Familia Interna, porque ofrece algunas posibilidades a todos aquellos que se sienten tan atrapados por sus propios temores, ira u orgullo, que creen que nunca podrán perdonar verdaderamente a una persona. En segundo lugar, se explica la Teoría del Juego, que vale la pena considerar para todas esas situaciones en las que, inconscientemente, compartimos parte de la responsabilidad del problema. En tercer lugar, se examina la dinámica de la acumulación de rencor, de la que los Juegos es indicativa y que muy a menudo va a la par con la falta de perdón. Finalmente, se pasa revista al fenómeno del ofensor que no se ve capaz de perdonar.

La Familia Interna y el perdón:
El Adulto como figura que perdona

Tú, al igual que todos los demás, tienes una Familia Interna, compuesta de un Adulto y de una serie de Niños Internos. ¿Qué queremos decir con la Familia Interna?

«Interna» se refiere a lo que existe en la conciencia interna de una persona, a diferencia de lo que existe fuera del cuerpo y puede ser visto por los demás. «Familia» se refiere a pautas de pensamientos, sentimientos y comportamientos que se asemejan a una estructura familiar de personalidades e interacciones.

Es posible que no hayas pensado que tienes una Familia Interna en estos términos, pero todos nosotros podemos identificar palabras y frases que invaden nuestros cerebros para decirnos cómo pensamos o deberíamos pensar, sentir y actuar en respuesta a lo que está ocurriendo en nuestras vidas. Cuando escuchamos detenidamente estas palabras y frases, empiezan a sonar como si procedieran de figuras conocidas con sus caracteres diferenciados. Si seguimos observando, se hace evidente que algunos de estos caracteres suenan adultos y otros infantiles. Además, sus pautas de comunicación interna —tanto negativas como positivas— nos recuerdan nuestra educación recibida.

Observemos más de cerca a los Niños Internos y al Adulto Interno, que forman esta Familia Interna.

El perdón es la respuesta al sueño infantil de un milagro,
gracias al cual lo que se rompe se recompone,
lo que se ensucia vuelve a estar limpio.

Dag Hammarskjold

Los Niños Internos

Estos Niños Internos tienen distintas edades, caracteres, ideas, gustos, y no son del mismo sexo. Son estos Niños Internos quienes padecen el dolor y adoptan las decisiones relacionadas con el trauma inicial. Los Niños Internos nunca crecen, pero si tu Adulto Interno aprende a ocuparse de ellos, pueden ser sanados de las heridas que sufrieron cuando tú eras pequeño. Hasta que esto ocurre, insisten a menudo en ocupar el asiento del conductor de tu vida, especialmente cuando se sienten amenazados. Tal como la mayoría de nosotros podría asegurar, tener al frente de una familia a un niño de tres o seis años sería una forma difícil de ganarse la vida, levantar una familia o abordar una crisis. Estos niños lo harían lo mejor posible, pero de ningún modo pueden ser los sustitutos adecuados de un adulto maduro y experimentado. Los Niños Internos están atrapados en el pasado. De hecho, cada uno vive —para bien o para mal— en una cápsula temporal cubierta por su historia.

*El perdón es el perfume que la flor pisoteada
emana sobre el talón que la aplasta.*

McKenzie

El Adulto Interno

El Adulto es esa parte de nosotros legalmente responsable de ocuparse del trabajo, los impuestos, la familia y de sí mismo en el mundo exterior, y emocionalmente responsable de cuidar a los Niños Internos en nuestros mundos interiores. A diferencia de los Niños Internos, el Adulto continúa creciendo cronológicamente y beneficiándose de las experiencias en el aquí y ahora. El Adulto es también el único con la capacidad para entrar en las cápsulas temporales de los Niños Internos para ayudarlos a desembarazarse de los elementos angustiosos que ahí existen y remodelar el entorno, transformándolo en algo dichoso y sano.

En una personalidad adulta correctamente equilibrada, el Adulto funciona como un «Capitán de la Voluntad»; es decir, está capacitado para seleccionar, comprometerse y marcar una dirección determinada en nuestras vidas, tanto si esto va acorde como si se contradice con nuestras emociones o preferencias. En otras palabras, el Adulto es esa parte de nosotros que es el responsable último de ejercer el poder de escoger en cada decisión.

Como tal, el Adulto se fija el objetivo de alcanzar paz interior y libertad, y se encamina resueltamente hacia el perdón, sin importar qué sentimientos, emociones y pensamientos parezcan impedir ese avance. Y los sentimientos, los pensamientos y las emociones sí que impiden este avance, al menos temporalmente. La razón es que esos Niños Internos, al igual que los niños biológicos sanos, compiten con el Adulto por asumir el control. Sus gustos y deseos difieren frecuentemente entre ellos y de los gustos y deseos del cuerpo adulto maduro en el cual residen. Al igual que los niños «externos» normales, quieren lo que quieren en el momento que quieren.

Pero más importante que los simples gustos, es el apego de los Niños Internos a las decisiones de supervivencia. Han procurado conservar su existencia mental, emocional o física pensando o sintiendo de una determinada manera, y creen que si el Adulto viola estas decisiones, morirán. He aquí tan solo un par de ejemplos de este tipo de decisiones:

— *Sentimientos.* Algunas personas crecen en hogares donde los adultos creen que si se sienten asustados, estarán indefensos. De lo que están más asustados es de estar asustado. Así que en vez de sentir temor, deciden estar enfadados: al menos esto les hace sentirse poderosos y no indefensos.

El niño que observa a los adultos se da cuenta intuitivamente de su temor, así que lo toma como una lección: «Debe de ser peligroso mostrar o incluso sentir temor, así que nunca me asustaré; en vez de esto me enfadaré y seguiré así hasta que las cosas cambien».

— *Pensamientos.* En otros hogares, lo que cuenta es tener razón, o al menos, no estar equivocado. Si una persona puede demostrar que tiene razón, entonces no tiene que humillarse —ser rechazado, ridiculizado o abandonado—. Sólo los que poseen la razón parecen gozar de poder, ser ganadores, respetables y respetados, amados, libres; están A SALVO.

Por tanto, el niño decide que tener razón es un factor de supervivencia y aprende a defender su postura tanto si ésta es correcta, incorrecta o incluso irrelevante.

Estas decisiones de supervivencia alteran profundamente la vida de la persona en general e interfieren muy especialmente en el perdón. Es por esta razón por lo que a menudo nos ocurre que queremos perdonar, pero nos sentimos completamente incapaces de hacerlo.

No obstante, el Adulto tiene poder para perdonar, y no nos estamos refiriendo aquí a un perdón falso o vacío. Estamos hablando de un acto de autoridad.

Un hombre sabio se apresurará a perdonar,
porque conoce el verdadero valor del tiempo
y no soportará que se disipe en un dolor innecesario

Samuel Johnson

He aquí una metáfora para ilustrar cómo se desarrolla este proceso. El Adulto no es sólo una parte de la personalidad, también es un papel, una función; podríamos incluso decir que es un cargo. De la misma manera que una persona asume el cargo de presidente, el Adulto asume el cargo de Adulto. Ahora bien, cuando un presidente electo de Estados Unidos asume su cargo, no está lo suficientemente preparado para ese puesto. En realidad, nadie tiene la suficiente envergadura política cuando asume ese cargo por primera vez. En lo que concierne a la presidencia, el candidato es, en el mejor de los casos, un senador o gobernador que también cuenta con la experiencia de la campaña electoral y con unas cuantas ideas populares. ¿Pero es un estadista? ¿Un político de categoría mundial? No, ni por asomo, y cualquiera que piense un poco lo sabe. Sin embargo, se muda a su nuevo despacho y desde ahí ejerce toda la autoridad relacionada con el hecho de ser el presidente de Estados Unidos. Y mientras lo hace va aprendiendo, comete errores, aprende también de ellos, y crece.

De la misma manera que el nuevo titular del Despacho Oval toma decisiones y gradualmente va aprendiendo a tomarlas, nuestro Adulto puede ejercer la autoridad de perdonar como un acto de voluntad incluso si aún no ha desarrollado todo su potencial personal, incluso si los Niños Internos no muestran ningún interés en ningún tipo de perdón, simplemente porque el Adulto ocupa nuestro Despacho Oval. Ese acto pondrá entonces en funcionamiento toda una serie de pensamientos y sentimientos que culminan en un perdón completo a todos los niveles.

No obstante, no es fácil vivir con estos actos de voluntad durante ese lapso de tiempo si los Niños Internos todavía están llenos de rabia y venganza. Para hallar una solución a ese desasosiego, el Adulto puede ejercer otro derecho relacionado con el Despacho Oval de nuestro Adulto: la autoridad para pedir ayuda a fuerzas externas. De este modo no sólo puede el Adulto perdonar, sino que también puede pedir a un poder superior a él que le ayude en este proceso. A menudo es sólo a través de una lluvia de gracia como somos capaces de desistir en la lucha por tener razón; sólo la gracia es lo que sofoca el temor y cicatriza el dolor y la ira, y es la gracia lo que crea una nueva e íntima relación, si eso es lo apropiado.

A veces, el problema de perdonar a alguien es en realidad un problema de perdonarse a sí mismo. En algunos casos, tanto la víctima como el causante del daño comparten la responsabilidad por el lío en que se han metido, y solucionar todo el embrollo puede resultar muy complicado. Con el fin de ayudarnos a navegar a través de ese enredo, resulta de inestimable valor conocer la Teoría de los Juegos.

¿Quién es culpable?
Algunos juegos no son divertidos

El perdón es tanto más sencillo cuando podemos distinguir claramente al «bueno» como del todo bueno y al «malo» como del todo malo; desgraciadamente, la vida raramente es así de fácil. Entre adultos, lo más común es que tanto el que sufre el agravio como el causante compartan cierta responsabilidad por el desastre ocurrido. ¿Te has dicho en ocasiones, fervientemente: «¡Ésta es la *última* vez!» y luego: «¡Cómo me he metido en semejante lío *otra vez*!». Este tipo de diálogo denota la puesta en funcionamiento de un *Juego*. Es en los Juegos donde ahora centramos nuestra atención.

Un Juego, término técnico acuñado por Eric Berne, padre del Análisis Transaccional, es toda una serie de intercambios inconscientes, e impulsados también inconscientemente, que acaban en un desenlace de malos sentimientos y juicios contra uno mismo, los demás, y el mundo.

Como muchos resentimientos entre adultos tienen que ver con las consecuencias de los Juegos, es razonable comprender cómo funcionan para que aprendamos a asumir responsabilidades cuando sea oportuno. Este libro, sin embargo, no trata de Juegos, así que limitaremos nuestra explicación a esta breve sección.[1]

Los juegos se juegan desde tres posiciones principales —Perseguidor, Víctima y Salvador— que representamos en el siguiente Triángulo del Drama:[2]

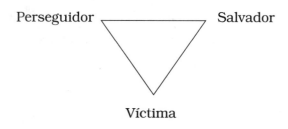

Los que prefieren estar en la posición de *Víctima* casi siempre se sienten asustados, sin fuerza y dolidos. Continuamente se ven envueltos en alguna clase de lío. Los *Perseguidores* tienden a sentirse enfadados o indiferentes. Son los que causan el dolor, continuamente embarrando situaciones o personas y castigándolas por ello. Los *Salvadores* tienden a sentirse superiores, a creer que tienen siempre la razón, y que no se les valora y agradece lo suficiente todo lo que hacen. Normalmente entran corriendo en escena, montados en corceles blancos, para salvar a las personas de su propia impotencia o de los Perseguidores, tanto si necesitan que se les salve como si no.

Un Juego parece, a primera vista, no ser más que una lucha de poder, pero es en realidad una *colaboración cuidadosamente orquestada entre dos o más personas con el propósito de intercambiarse caricias vitalmente necesarias sin que peligre su intimidad.*

Las caricias empiezan como algo positivo y siempre acaban como negativas. Eso las hace sentirse poderosas. También las hace sentirse a salvo: no hace falta que nos acerquemos demasiado, porque ¿quién esperaría que estuviéramos al lado de alguien que nos hace daño?

Un ejemplo común es el de la persona que ayuda (salva) a alguien desesperado (una Víctima) y luego se encuentra que la persona le da la espalda, se mete en problemas otra vez y espera que el Salvador la rescate de nuevo. El Salvador luego pasa a ser un Perseguidor —«Espabílate, y apáñatelas tú solo, estúpido!»— y la Víctima luego pasa a ser Perseguidor también —«¡Qué sabrás tú de esto, presentuoso y arrogante imbécil!»—. Esto golpea y empuja al Salvador original fuera de la casilla del Perseguidor, pasando a ser Víctima. Salvador y Víctima se separan, enfadados y críticos.

Aunque todo el mundo juega a juegos algunas veces, y todos al final llegan a ocupar cada posición, la mayoría de nosotros se decanta por una posición respecto de las demás, al menos en lo que concierne al comportamiento. Otras personas pueden indicarnos qué posición es, incluso si no la vemos como tal.

Cabe recordar tres aspectos fundamentales sobre los Juegos con relación al perdón:

1. *Se requieren dos personas para iniciar un Juego:* una que juega a ser la Víctima y la otra a ser el Perseguidor o el Salvador, y nadie puede forzar a jugar a ninguno de los dos.
2. *Por definición, los Jugadores no saben lo que hacen.* Los Juegos se juegan desde el inconsciente.
3. *Sólo los Niños Internos juegan a Juegos*, pero el Adulto es responsable por permitirlo.

Los Juegos se juegan inconscientemente

Si las personas implicadas son conscientes de lo que están haciendo, no hay un Juego: hay una manipulación consciente. Cuando los jugadores de un Juego empiezan a comprender su participación en él, normalmente quedan horrorizados.

Pero si los Juegos se juegan inconscientemente, ¿cómo podemos saber que estamos jugando, y menos aún, parar? Para hacernos conscientes de ello, podemos preguntar a nuestros amigos; ellos nos han visto jugar una y otra vez. Cuando hayamos sufrido lo suficiente, escucharemos su sensata opinión. También nosotros podemos preguntarnos: «¿Qué está ocurriendo una y otra vez?». La respuesta describe la secuencia del Juego.

Quien no puede perdonar a los demás rompe
el puente sobre el que él mismo debe pasar.

Anónimo

Se necesitan dos personas para jugar

Por más empeño que ponga un jugador en atraer a una persona hacia un Juego, no habrá Juego si esa persona rechaza jugar. Esto es así porque para iniciar un juego se requieren dos personas, una que actúa como Víctima y la otra como Perseguidor o Salvador, y no se puede forzar a nadie a jugar a un Juego. Por tanto, si se juega, incluso si la Víctima ha sido profundamente herida, deberá compartir la responsabilidad por haber causado ese dolor.

Tras haber aclarado que en un Juego la Víctima comparte responsabilidades con el Perseguidor, hay que destacar dos puntos cruciales:

1. *Existen verdaderas víctimas en este mundo que no son responsables de su angustia* y eso no debe confundirse con la Víctima de un Juego. Todo lo que hace falta para ser una verdadera víctima es un desequilibrio de poder, en especial del físico, y ninguna posibilidad de escapatoria por parte de la persona débil. Los niños muy especialmente

son dependientes, y por tanto, carecen del poder y la fuerza necesarios para defenderse por sí mismos de los depredadores.

Un verdadero Adulto víctima puede tener pleno control de sí mismo sin que eso altere su destino de víctima. Tragedias como las guerras, violaciones, crímenes, enfermedades, etc., crean víctimas, y no debemos agravar su agonía insistiendo en que son responsables no sólo de perpetuar su dolor, sino de haberlo causado. Las personas tienden a culparse a sí mismas de todos modos, y eso no es nunca apropiado para las verdaderas víctimas.

2. *Ni las víctimas verdaderas ni las Víctimas de un Juego son responsables del comportamiento de quien inflige el daño.*

   Nadie puede controlar el comportamiento de otro adulto. Nadie puede forzar a otro a pegar, golpear, violar, gritar, mentir, beber o tomar drogas. Sin la amenaza de la violencia, la frase: «tú me obligaste a hacerlo» es casi siempre una mentira.

Todo esto nos conduce al tercer aspecto a tener en cuenta sobre los Juegos.

Sólo los Niños Internos juegan

Cabe recordar que los Juegos sirven para conseguir caricias vitalmente necesarias. Cuando un Adulto educado y sano posee el control de sí mismo y satisface las necesidades de los Niños Internos, no hay necesidad de Juegos porque no hay ninguna necesidad de compensar con caricias negativas la falta de caricias positivas. Pero si el Adulto no está en guardia, los Niños Internos se las apañan por su cuenta de la única forma que saben.

No es de extrañar, pues, que las personas busquen a alguien que cuide de ellos cuyo carácter se corresponda con el de nuestro guardián original. Cabe recordar que los Niños Internos están atrapados en una cápsula temporal, una sala de cine, donde la única película que se proyecta repone escenas de hace mucho tiempo atrás; existe poco o nada en su conciencia que les haga entender que la realidad ha cambiado. Dan por supuesto que las cosas siguen igual que estaban cuando su familia llevaba la batuta.

Cuando encuentran a una persona que reúne estas características, el pasado y el presente se convierten en un terrible enredo. Entonces se casan. No es de extrañar que tantas parejas que se divorcian se comporten el uno con el otro de una forma grotesca e inconsistente. Ambos se han casado con el guardián original que les falló. Si tienes alguna duda al respecto, pide a cada uno de los cónyuges enfrascados en plena guerra matrimonial que describa a su principal guardián madre o padre (en algunos casos, un hermano o hermana mucho mayor o un abuelo o abuela) —y luego pídeles que describan cómo su cónyuge en guerra se parece a uno o a varios de sus guardianes originales.

A menudo, a pesar de que una persona o ambas deseen profundamente una relación mutua sana y predispuesta al perdón, sienten que existe un gran muro de falta de perdón que bloquea el camino. Lo máximo que pueden hacer es confesar el hecho de que no están dispuestos a perdonar. ¿Por qué? Porque la persona a quien necesitan perdonar no es el cónyuge, sino su guardián original. Es ese vínculo doloroso con el guardián lo que tiene que deshacerse. Hasta que esto no ocurre, no puede entenderse al cónyuge, y menos aún perdonarle.

Los juegos también resultan más fáciles de comprender cuando uno se da cuenta de que internamente al menos dos Niños Internos están involucrados en una pauta persistente de Juego:

1. *El ansioso e ilusionado Niño Interno*, que persiste en la lucha para conseguir, al fin, el amor de aquellos que deberían habérselo proporcionado mucho tiempo atrás. El problema es que este Niño no cesa de escoger al mismo tipo de persona para

que le proporcione ese amor, y por consiguiente, experimenta el mismo tipo de carencias y rechazo. Este niño fue, si retrocedemos atrás en el tiempo, una víctima en el sentido estricto de la palabra, y continúa siendo una víctima en la Familia Interna.

2. *El Niño enfadado y desesperado,* que abandonó la idea de ser amado de la forma que él quería y decidió permanecer enfadado para eludir el dolor. Para este Niño Interno, la retribución de un Juego está en la oportunidad de luchar, estar furioso y condenar al guardián escogido, así como —no menos importante— evitar el terror del verdadero acercamiento, lo que destaparía su falta de capacidad de amar *imaginaria*.

Por regla general, este Niño Interno castiga al Niño Interno ansioso e ilusionado y a otros adultos de la misma forma que él fue tratado por su propio primer guardián. Este Niño Interno perpetúa lo que ha aprendido de quien abusó de él. Aún más trágico es que este Niño Interno a menudo es el que marca las directrices cuando estamos educando a nuestros propios hijos biológicos. Al final, para colmo, transmitimos lo que odiábamos a quienes más amamos.

La falta de perdón puede considerarse como una lucha de poder en la cual estos dos Niños Internos se compadecen de «lo que no debería ser así». Mantienen una actitud negativa, una acusación o una queja contra ese alguien del pasado y luchan para cambiarlo. Pero es como luchar por cambiar las imágenes de una película de cine. El pasado es lo que es.

Lo que sí podemos hacer es cambiar el presente. El Adulto Interno tiene la capacidad de entrar en la cápsula temporal del Niño Interno con el fin de satisfacer la necesidad original no satisfecha de amor incondicional, y aliviar de este modo la subyacente desesperación. Una vez que los Niños Internos tienen lo que necesitan, cesa el impulso de dar caricias negativas.

Explicado en términos de la Familia Interna, el perdón se considera completo cuando nuestros Niños Internos:

1. Dejan de utilizar la ira contra ellos mismos o contra el otro como fórmula mágica para controlar el pasado, el presente y el futuro.
2. Aceptan que lo ocurrido tiempo atrás ya ha pasado y que no pueden cambiarlo.

3. Dejan de juzgar la situación (o a sí mismos) como buena o mala, diciendo que no fue justo y que no debió ocurrirles a ellos, o que *fue* justo y que se lo merecían.

4. Cuentan con que su propio Adulto les proporcione lo que la otra persona no les dio.

5. Ceden la autoridad sobre lo que pasó o no pasó al Adulto.

6. Saben que pueden albergar de forma segura todos los sentimientos y pensamientos sobre esa persona, y que su Adulto limitará sus acciones a lo que se ajuste a su bienestar a largo plazo.

¿Pero cómo pueden nuestros Niños Internos alcanzar este punto? Si ni siquiera sabemos lo que es el perdón, ¿cómo hacer que nuestro yo obstinado, orgulloso, herido, lo lleve a cabo?

Parte del proceso de sanación consiste en aprender conductas que liberan rencores, en vez de almacenarlos.

El elevado coste de acumular rencor

Una de las señales más importantes que indican la existencia de un Juego, y una de las pautas más persistentes que acompañan a la falta de perdón, es la de guardar rencores. El rencor se define en el diccionario Webster de la lengua inglesa como:

I. Hosca malicia o malevolencia; fastidio; inquina; *antipatía guardada*, como, por ejemplo, un viejo resentimiento.

II. *Una razón, causa o pretexto para el rencor.*

Las personas guardan rencores durante un periodo de tiempo hasta que han acaparado los suficientes como para repartirlos al asestar un golpe a otra persona sin sentirse culpable. Hemos adoptado algunos términos para expresar más vivamente los elementos de este proceso.

Resentimiento —rencor— rima con sedimento, sedimento de lodo, lo que describe muy acertadamente la calidad atmosférica en torno a la persona que guarda ese rencor, ese resentimiento. Dicha atmósfera no varía hasta que la persona que almacena esos rencores tiene los suficientes como para crear un *lanzalodo*, con el cual asesta el golpe último *sin sentir ningún tipo de remordimientos*. Los lanzalodos pueden ser grandes o pequeños.

Algunas personas acumulan rencores de la misma forma que el avaro Scrooge, el famoso personaje creado por Dickens, acumula su oro, puliéndolo y contándolo, consciente o inconscientemente, y llevando un meticuloso seguimiento de su peso para ver si ya hay el suficiente para moldear el lanzalodo.

A veces este proceso dura años hasta que llega el día en que están listas para repartir esos rencores en un acto de venganza contra otra persona.

En la historieta que presentamos a continuación, ilustramos de forma un tanto humorística la dinámica de la acumulación y lanzamiento de ese lodo. Todos nosotros lo hacemos un poco. Con el fin de hacer esta verdad un poco más agradable, la expresamos a través de la siguiente carta que escribe un experto *hombre lodo* a un primerizo.

Estimado futuro hombre lodo
Esta es mi humilde ofrenda a todos aquellos que suelen tomarse la justicia por su mano:

1. Molesta a las personas más próximas a ti; son más fáciles de manchar, puedes recaudar rencores con más rapidez y sabes cómo ponerlas nerviosas.
2. Recauda todo lo que puedas a principios de semana antes de que lleguen a sospechar algo. Por ejemplo: Cuando dejan la cocina desordenada (rencor n° 1). Cuando estés viendo la tele e inviten a sus escandalosos amigos a entrar en el comedor, perdiéndote lo que con toda seguridad debió de ser la parte más interesante del programa (rencor n° 2. Ahora ya se tienen dos).
Llegan a casa a las 11:45 de la noche, entran dando un portazo y te despiertan de un profundo sueño (rencor n° 3). En este momento, la situación se está poniendo delicada. El lodo está adquiriendo

forma, y se están empezando a dar cuenta de que estás tendiéndoles una trampa. A partir de ahora no se te puede escapar ni una.

3. Escoge un instante en el que la otra persona esté *plenamente* ocupada haciendo algo y tú le pides que haga otra cosa distinta por ti. Naturalmente no lo hace (ahora son ya cuatro rencores).

4. Algunos rencores son casi regalos: un leve descuido, como olvidar rebobinar el vídeo (rencor n° 5, el lodo ya rebosa).

5. Cuando ya has acumulado suficientes rencores, es el momento de lanzar el lodo. Puedes hacerlo de un zarpazo, de un golpe, o de mi modo favorito, el «Lanzalodo Lento».

Para aprovechar al máximo el efecto de los dos tipos de acumulación y lanzamiento de lodo, espera hasta el fin de semana, preferiblemente cuando tus objetivos estén riendo y bromeando en la cocina. No te centres en más de una persona si eres primerizo; puedes ocuparte de hasta cuatro a la vez si te has convertido en todo un profesional.

Entra en la cocina y empieza a dirigir el lodo hacia la atmósfera en general. Anulará la energía, y al poco tiempo, tus objetivos secundarios se sentirán deprimidos y se irán, lo que pondrá fin a la diversión. Luego empieza a enviar quejas a la persona que es tu objetivo principal, y utiliza un tono de voz entre el sollozo y la queja. Manténlo hasta que empiece a hervir. Luego déjala, para que cuando ésta saque su lanzalodo, estés fuera de su alcance (yo personalmente me inclino por el sótano como un buen lugar donde retirarse). Bajo ningún concepto permitas que la persona que es tu objetivo alcance lentamente el punto de ebullición, pues de lo contrario te estará esperando cuando, horas después, salgas del sótano. En ese momento, ya que esa persona estará a mayor altura, llevas desventaja. Tú único recurso en esos casos es fanfarronear un poco, como el famoso monstruo que emerge de las profundidades. Si tienes suerte, quizás la ahuyentes de la puerta del sótano el tiempo necesario para poder escapar.

Atentamente,
Alguien que sabe

Si crees que esta historieta resulta divertida, como lo piensan la mayoría de personas, es probable que tú también hayas lanzado lodo desde una u otra de esas posiciones. Es importante informarse de cómo se hace.

Además del Lanzalodo Lento, existen otras modalidades de arrojar lodo. Una que se ilustra a continuación es el «Lanzalodo Silencioso». Todos nosotros estamos rodeados por una envoltura electromagnética que es portadora de una atmósfera emocional, y podemos utilizarla para bien o para mal. Simplemente dirigir malicia contra otra persona puede crear malestar. Con el «Lanzalodo Resbaladizo», la persona lanza pequeñas cantidades de lodo y espera, como si se tratara de una piel de plátano, a que su blanco, que no sospecha nada, resbale y caiga. Pongamos como ejemplo el caso de una de nuestras clientes que, de niña, dejó su patín de ruedas debajo de unas hojas en el último peldaño de un tramo de escaleras de piedra. Su padre, al pisar, dio con el patín, éste salió disparado de su escondite, y el hombre resbaló, quedando sentado sobre su trasero. No supo lo que provocó su caída hasta al cabo de mucho tiempo. Cuando acusó a la culpable, ella ya se había ido hacía mucho tiempo e interpretó, con éxito, el inocente papel de: «¿Quién?, ¿yo?».

Como duro contraste del lanzalodo lento, basta considerar el caso, no poco común, ejemplificado por el esposo de Lyalya. Tras años de no mostrar indicio alguno de desavenencias, dice un día de repente: «Te dejo. Mi abogado te llamará mañana para iniciar los trámites del divorcio». Éste es un ejemplo de alguien que ha estado acumulando rencores durante años para que, cuando al final empuña el lanzalodo, se convierta en un arma devastadora. He aquí la historia de cómo ella le perdonó:

El mono y el plátano[3]

El Foro:

En El Foro, mientras analizábamos la manera en que nosotros, los seres humanos, nos comportamos, llegamos a la expresión «una trampa». Se definió una trampa como una forma de actuar o de ser en la que había algo mal. Luego surgió la pregunta: «¿Qué haces para salir de una trampa?». Bien, tienes que tener razón, ser superior, ser mejor que el otro, tienes que ser virtuoso, etc. Así que, ¿qué te cuesta esta trampa? Bien, te cuesta tu energía, tu salud, tu vitalidad, tu alegría, tu libertad y —en algunos casos— tu vida. Con la finalidad de ilustrar este punto, el coordinador del Foro contó la siguiente historia:

«¿Sabéis cómo se cazan monos en la selva hoy en día? El cazador lleva consigo una caja de metacrilato que tiene un pequeño agujero redondo en uno de los lados. A través del agujero introduce un plátano. Coloca la caja debajo de un árbol en el que hay algunos monos, y luego se aleja. Inevitablemente, uno de los monos siente curiosidad y desciende del árbol para inspeccionar la situación. Al final introduce su mano en el agujero y agarra el plátano. Pero cuando intenta sacarla, el plátano, que está en posición horizontal, bloquea la salida de la caja. El mono salta arriba y abajo, chirriando y chillando, tratando de liberarse de la trampa. Mientras tanto aparece el cazador, y captura el mono. Y la pregunta es: "¿Qué tenía que hacer el mono para librarse?"... SOLTAR EL PLÁTANO.»

En cuestión de un instante, vi como se podía aplicar eso a mi vida. Durante una pausa matinal en el juicio, llamé a mi marido. Le dije que le perdonaba. Por vez primera, pude oír cómo estaba a punto de llorar. Él contestó que nunca pretendió herirme o causarme daño, que estaba dispuesto a reunirse conmigo en cualquier momento que quisiera hablar, y deseoso de ello. Quedamos en que le llamaría para acordar una cita.

No acabó siendo el tipo de solución que yo tan fervientemente esperaba. Cuarenta minutos de cita en un ambiente muy, muy tenso y nervioso. Vi cómo él miraba con impaciencia su reloj. En ese momento, me sentí inundada por una desesperación tal que simplemente cerré los ojos y le pedí a Dios que me ayudara. La respuesta me llegó de forma clara. De pronto sentí como una burbuja de alegría que se alzaba desde lo más profundo de mi vientre: *«No tienes que cambiarlo, Lyalya, todo lo que tienes que hacer es perdonarlo»*.

Así que me levanté, le besé en la mejilla, le dije que quería hacerle saber que le deseaba buena suerte en su vida y le perdoné. Justo cuando atravesaba la puerta, dijo: «La cuestión es si me podré perdonar a mí mismo alguna vez». Luego empezó a contar algo. ¡No estaba segura de si él no era capaz de perdonarse a sí mismo por no haber roto antes nuestro matrimonio, o por haberse comportado como lo hizo! Yo le contesté que esa cuestión no tenía nada que ver conmigo. Era algo que necesitaba resolver consigo mismo. Mientras salía por la puerta y me adentraba en una helada noche de invierno, me sentí absolutamente libre y feliz.

Cada vez que experimentas irritación hacia alguien y no logras comunicarte con esa persona argumentando que «es mucho problema» o «estoy harto de hablar del tema» o «no nos hará ningún bien» o «no me siento bien, pero eso no es tan importante», lo más probable es que estés restándote importancia a ti mismo, a la otra persona o al desaire sufrido, y que estés almacenando un rencor.

Todo aquel que guarda pequeños resentimientos contra otra persona está construyendo un lanzalodo. Si quieres sentirte verdaderamente libre y ser capaz de actuar de una forma de la que te puedas sentir orgulloso, entonces reparte tus rencores antes de que tengas tantos que la venganza o el divorcio parezcan tu único recurso.

La mejor forma de tratar los rencores no es coleccionándolos, y la forma de no coleccionarlos es hablar de ellos lo más pronto posible una vez que han surgido.

Si ya has acumulado un gran número de rencores, existen varias formas positivas de deshacerte de ellos. En la mayoría de casos, el camino más corto es, llamar a la persona en cuestión, decirle lo que quieres hacer, concertar una cita para verla, decirle cuáles han sido tus sentimientos y pensamientos al respecto, lo que quieres y qué piensas hacer. Dile que la perdonas por lo que hizo. Pide el perdón que puedas necesitar por haber albergado ira contra ella, por ejemplo. No dejes de avanzar a lo largo de este proceso hasta que toda la carga emocional se disipe. Hay otras opciones al respecto que se incluyen en la sección *Varios procesos para el perdón*.

Cuando el ofensor no puede perdonar. Consideraciones sobre la Proyección

Uno de los aspectos más singulares sobre el perdón concierne al ofensor que no perdona. Cuando abordamos este tema de vital importancia, nos centramos en el divorcio, no porque sea el único caso en el que los ofensores no perdonan, sino porque la determinación para eliminar a la otra persona es muy grotesca, muy cercana al amor, y muy fácil de ver.

— Toma el ejemplo de un marido que, a sus cincuenta y pico años, empieza a salir con una mujer más joven y después abandona a su esposa, a la que luego procede a arruinarla financieramente durante todo el proceso de su divorcio, de forma sistemática y fría.

— Considera el caso de la esposa que abandona a su marido para estar con otro hombre, pero aún después de que el divorcio ya es un hecho, continúa insultando y atormentando a su ex marido con pleitos, llamadas a medianoche y batallas legales por temas de custodia —inclusive una demanda por la custodia del perro, sólo porque su ex lo adora.

Estos ejemplos ya resultan muy sabidos desde hace tiempo. Para muchos cónyuges, el daño no es nunca suficiente. Parece como si no pudieran estar tranquilos hasta que su víctima es aniquilada. Desgraciadamente, nuestro sistema legal apoya estos tejemanejes, convirtiendo en legalidad entre cónyuges lo que sería delito de prisión entre dos completos desconocidos. La película *La guerra de los Rose* lo ilustró al detalle de forma vívida y divertida. Pero es divertido sólo cuando le ocurre a alguien que no conocemos. Cuando nos ocurre a nosotros o a alguien que amamos, nos viene de nuevo y resulta odioso.

¿Qué es lo que impulsa tanto odio irracional? ¿Por qué el cónyuge que se divorcia, incluso cuando se vuelve a casar felizmente con su nuevo amor, formando quizás una nueva familia, y que tiene dinero y es próspero, pide un precio tan alto a la persona que ya ha pagado tanto? Sólo cuando, bajo la aparente rabia del ofensor, observamos esa culpabilidad, temor y odio a sí mismo subyacentes, la cuestión empieza a cobrar sentido.

Para comprender dónde se originan estos factores, cuál es su funcionamiento en nuestra mente, y qué se requiere para ser libre, necesitamos retroceder y ver qué ocurre cuando se forma nuestra Familia Interna.

Cuando experimentamos algún tipo de abuso en nuestra infancia, tendemos a llegar a la conclusión de que ocurre debido a que hay algo vergonzoso dentro de nosotros. Es muy peligroso asignar la responsabilidad del dolor a las partes pertinentes (nuestros guardianes): eso podría traer consigo un abandono y luego, con toda seguridad, la muerte. En cambio, asignamos lo que creemos que causa el abuso a una parte de nosotros mismos y rechazamos esa parte, considerando vergonzoso o incluso peligroso que exista o se exprese. En otras palabras, dividimos internamente, exagerando algunas partes de nosotros mismos como correctas y enterrando otras. Cuanto más difícil o abusiva haya sido nuestra infancia, más intensamente rechazaremos o repudiaremos ese aspecto de nosotros mismos que creemos que está causando el problema, y más violenta e inconscientemente lucharemos contra él cuando seamos adultos.

Nos «desharíamos» de esas partes de nosotros mismos que rechazamos si pudiéramos, pero no podemos; y eso es bueno, porque nuestra decisión primera de rechazarla está basada en un malentendido que se puede

La venganza más noble es perdonar.

H.G. Born

corregir después. No obstante, mientras tanto, las partes de nosotros que manifiestan este rechazo mienten sobre ello; hacen todo lo que humanamente pueden para divorciarse de toda identificación con las otras partes discriminadas: *No es propio de mí, yo no soy así, sólo otras personas lo son. De hecho, odio a las personas que son así; obsérvame, te lo demostraré.*

No sólo rechazamos a estos Niños Internos para nuestros adentros, sino que los vemos y los rechazamos allí donde se encuentren, porque cuando observamos el exterior, encontramos a personas así. Tenemos un proyector en nuestro interior que muestra la imagen del Niño Rechazado en los demás, fuera de nosotros mismos. La fantasía es que si podemos proyectarlo «ahí afuera», ya no tenemos que ocuparnos de ello «ahí dentro». *¡Ni lo deseamos!*

Este proceso de rechazar una parte de nosotros mismos se trata en varias corrientes de pensamiento. Jung se refirió a la parte rechazada de nosotros mismos como «la sombra», porque se considera la parte más oscura de una persona y por esa razón se le niega toda solidez. Ronald Laining se refirió a ello como «el yo renegado».

En la Sanación de la Familia Interna, lo llamamos *El Mito del Niño «Malo»*.[4] Desgraciadamente, escaparse de nuestros propios Niños Internos Rechazados es imposible por tres razones principales:

1. Nos vemos inconsciente pero irresistiblemente atraídos hacia lo que hemos repudiado.

2. Luchamos por no identificarnos con esas partes, y es bien sabido que todo a lo que te resistes, persiste.

3. El proyector se encuentra en nuestra propia frente, así que las imágenes de las que intentamos huir se nos presentan por todas partes.

Paradójicamente, cuando entablamos una relación amorosa, la persona a quien escogemos expresa normalmente alguna de esas partes de nosotros mismos que hemos rechazado. ¿Por qué elegimos a una persona así? *Porque necesitamos esa otra parte para ser un todo.* La expresión «mi media naranja» refleja a menudo la verdad de una forma más precisa de lo que nos imaginamos.

Sin embargo, una vez que se ha desvanecido el ardor romántico, nos oponemos a la forma de ser de la otra persona. Parece algo perverso, pero lo es sólo en apariencia; ¿Por qué, habiendo rechazado esas partes en nosotros mismos, las aceptaríamos en otro?

Todos conocemos parejas que ejemplifican esta pauta de conducta. Tomemos el caso de la combinación

El perdón pertenece al herido,
pues nunca se perdona a quien ha causado el mal.

John Dryden

Arthur Miller/Marilyn Monroe: una persona de carácter muy académico, cerebral, contrae matrimonio con una personalidad volátil, no intelectual. Al principio él se siente fascinado por ella, la encuentra divertida, y que le llena de vida. Luego, al ir desapareciendo esa excitación romántica, le irrita, y acaba invirtiendo una cantidad considerable de tiempo en censurar a esa persona por ser «demasiado emocional». O el caso de *La Extraña Pareja*, como Óscar y Félix: lo que ocurre cuando una persona desordenada se casa con otra muy ordenada y al principio está encantada con esa nueva sensación de orden en la casa; al cabo de seis meses la persona ordenada es tachada de «reprimida y quisquillosa dominante», y el espíritu libre y desorganizado lleva ahora el apodo de «Puerco».

La intensidad con la que rechazamos a este Niño Interno proyectado depende de cuán graves fueron nuestros traumas infantiles. Cuánto más difícil haya sido nuestra infancia, más probabilidades tendremos de querer aniquilar esa parte de nosotros que creemos problemática, y más probabilidades también de que nos comportemos como ofensores.

Esto explica el porqué de la intensidad y el aparente desequilibrio del comportamiento del ofensor que no perdona. Dicho ofensor trata desesperada y salvajemente de aniquilar a... a sí mismo, de destruir una parte de la que se tiene miedo. En su empeño por lograrlo, uno puede hacer cosas verdaderamente terribles, con o sin provocación. Los cónyuges se descubren totalmente ajenos uno del otro, se sienten el blanco de un holocausto financiero y de un acoso implacable y brutal, y no comprenden qué han hecho para merecer que se les trate así.

Como el proyector se encuentra en la propia frente del ofensor, el abuso nunca es suficiente. No importa durante cuánto tiempo uno golpee y maltrate al cónyuge, la misma imagen sigue colgada frente al ofensor, y la libertad tan deseada está fuera de su alcance.

Paradójicamente también, cuanto más consciente es el ofensor de las pautas básicas de buena educación, más difícil y salvaje puede ser su comportamiento. Además del terror de convertirse en lo que uno teme ser, el ofensor se expone a la vergüenza de comportarse de un modo despreciable. No es posible que una mujer mire al padre de sus hijos o un hombre a la madre de sus hijos y no sepa, en mayor o menor medida, que infligir ese dolor innecesario es una locura. La misma existencia del esposo o esposa es un recordatorio, un reproche a la realidad actual de las malas acciones del ofensor. En ese punto, la persona se encuentra entre la espada y la pared.

De todas las lecciones morales, la más elevada
y difícil es perdonar a quienes hemos herido.

Ideario judío

El ofensor que reconoce que su comportamiento es vergonzoso se vuelve, en cierto modo, objeto de rechazo al igual que la víctima. El reto más difícil posiblemente sea no el de perdonar a quienes nos han causado algún mal, sino el de perdonarnos a nosotros mismos por haber sido injustos con alguien.

Dado que el Niño Interno que asume las riendas quiere evitar esa confrontación a toda costa, el ofensor se refugia en una mayor negación y castigo, en un intento de impulsar a la otra persona a comportarse de una forma que justifique el propio abuso. Sólo si el ofensor puede convertir al cónyuge en objeto de desprecio puede eximirse de toda culpa.

¿Qué puede hacer el ofensor? Siendo como es, en ciertos aspectos, la más miserable de las criaturas, libra una guerra en su alma, mente y cuerpo en la que el terror, la rabia, el temor y el orgullo luchan contra la verdad.

Normalmente, según se dice, el ofensor nunca perdona. Esto es así porque no se tiene poder para sanar mientras la única experiencia que se tenga del Niño Rechazado esté fuera de uno mismo, en la imagen proyectada en el cónyuge.

Sin embargo, estas proyecciones pueden reformarse, y alcanzar con ello la paz. No hay nada intrínsecamente malo en los Niños Internos Rechazados, y si una persona está dispuesta a correr el riesgo de saber que las mismas características desagradables proyectadas en el otro pueden también estar dentro de ella, se puede descubrir la verdadera belleza de estos Niños Internos. El Adulto puede entonces pedir perdón a los Niños Internos por haber permitido que tuviera lugar una conducta de perseguidor. Esto despeja el camino para poderse perdonar a uno mismo.

Repetimos: los ofensores que eligen ir en busca de la verdad pueden encontrarla, y la verdad sí cura. Lenta, dolorosamente, se puede ir rompiendo la dura piedra de la negación y el rechazo hasta el amanecer, cuando uno se da cuenta de que ha derribado la losa de la tumba y ha despertado a una nueva vida de libertad y, finalmente, de paz.

Aunque podemos garantizar que esta sanación puede producirse en todos aquellos que la deseen, el proceso que adopta es único para cada buscador de la verdad. En la siguiente sección, examinamos la anatomía del perdón, y especialmente los momentos a partir de los cuales una persona pasa de la ira al perdón.

El perdón es sólo para los valientes...
para esas personas que están dispuestas a afrontar
su dolor, aceptarse a sí mismas como
permanentemente nuevas, y tomar
decisiones difíciles.

Beverly Flanagan

5 *La anatomía del perdón. El cauce del perdón*

El perdón atraviesa fases que resulta útil observar cuando se contempla la cuestión de cómo llegar a un estado de tranquilidad en nuestro interior. Estas fases son las siguientes:

1. Resentimiento.
2. El Punto Decisivo.
3. Perdón.

Cada fase se compone de sus propias partes o etapas a través de las cuales avanzamos hasta su conclusión.

Las etapas del resentimiento

La fase del resentimiento incluye el daño originario y la respuesta inicial a éste, así como la adopción a más largo plazo de las actitudes hacia el ofensor. Estos hechos se clasifican en tres etapas principales: la aguda, la de recogimiento y la crítica:

— *Etapa aguda.* Esta etapa comprende: (1) la experiencia original de daño en el aquí y ahora; (2) temor, dolor, e ira intensificados por hechos anteriores; y (3) el rechazo inicial a aceptar lo que ha ocurrido y la lucha contra la otra persona o la situación.

La persona experimenta al principio sentimientos como entumecidos o caóticos, luego, de confusión y temor, de ira o todos ellos a la vez. Esa intensa inquietud pide a gritos un equilibrio de la balanza.

— *Etapa de recogimiento.* En el estado de recogimiento, la persona entra en un proceso de intensificación de los sentimientos de ira y de eliminación de la confusión u otras emociones y pensamientos. Básicamente, la víctima define al perseguidor como malo, recoge pruebas de por qué eso es así, y procede a cimentar ese pensamiento en su sitio ensayando con todo aquel que

Perdona a tu vecino antes de olvidar la ofensa.

John Berry

quiera escuchar. No se hace ningún esfuerzo en esta etapa por distinguir la responsabilidad real; más bien lo contrario: la persona se concentra en ponerse en una situación en la que ella *tiene la razón* y el otro *está equivocado*, y en elaborar planes de venganza.

— *Etapa crítica.* La etapa crítica implica: (1) endurecimiento de las actitudes desarrolladas en la etapa de recogimiento, y (2) remodelación de los sistemas de creencias y la identidad para ajustarlos a la energía del resentimiento. Las personas en la etapa crítica:

a) Se definen utilizando términos relacionados con la lucha de poder, por ejemplo: «soy una víctima», «soy un desgraciado», «no soy atractivo y nadie me querrá», etc.

b) Generalizan la ofensa, es decir, culpan a todas las personas con características similares y desconfían de ellas, considerándolas como autoras del daño sufrido. Por ejemplo, si

mi madre me hirió, entonces todas las mujeres son unas sádicas. Si mi padre me abandonó, entonces todos los hombres abandonan
a las mujeres. Si un blanco me engañó, todos
los blancos son deshonestos —o todos los
negros, o todos los árabes, o judíos o france-
ses o italianos, y un largo etcétera.

c) Reorganizan sus procesos vitales de manera
que reflejen desconfianza hacia ese tipo de
personas. En dicha reorganización es común
el retraimiento, no tanto como expresión de
temor sino como rechazo a «esas personas».

Es importante hacer notar que este endurecimiento es a menudo inconsciente. Es como si
una vez que el programa informático inicial ha
sido escrito en la etapa 1 y mejorado en la etapa
2, simplemente funciona, olvidándose a menudo
la herida original. La ira fermenta por debajo;
sólo la conducta de resentimiento sigue evidente,
a veces sólo para los demás.

El momento de intervenir durante el proceso de
sanación es, obviamente, antes de que se alcance esta
fase crónica, porque cuando el resentimiento desciende
hasta el inconsciente, es mucho más difícil de desente-
rrar y sanar. No obstante, permanece activo durante

años, produciendo posteriormente el amargo fruto de la enfermedad y la depresión, y mostrándose en nuestros rostros para que todos lo puedan ver.

El punto decisivo

¿Qué es lo que hace que una persona pase del resentimiento al perdón? ¿Qué impulsa a perdonar cuando el perdón no surge con facilidad?

He aquí varios pensamientos cruciales que han ayudado a algunas personas, según ellas aseguran, a encaminarse hacia el perdón:

1. *Mi resentimiento me está costando demasiado.* Mantener el resentimiento nos cuesta muy caro en cuanto a salud, energía, amor, paz y futuras posibilidades.

   Salud: Artritis, presión sanguínea alta, cáncer, derrame cerebral y migrañas son algunas de las enfermedades más comunes que pueden originarse por la falta de perdón.

   Energía: La atención requiere energía, y nos cuesta energía prestar atención al comportamiento de la otra persona con el fin de poder continuar manteniendo una determinada actitud hacia ellos.

Amor y paz: Estar en paz con quienes te rodean no significa confiar en todos ellos. Significa estar en paz con *uno mismo* y confiar en *uno mismo* en nuestras relaciones con los demás, y así evitar tener que dividirnos para estar con ellos. Cuando albergamos ira contra alguien, especialmente alguien a quien queremos, cerramos una parte de nosotros no sólo al otro, sino que también nos la cerramos a nosotros mismos.

Posibilidades futuras: Cuando nos negamos a perdonar, tendemos a perpetuar el problema en nuestras vidas. El cónyuge que no quiere perdonar a su ex pareja tenderá en la próxima relación a casarse o a recrear los mismos problemas, o a crear otros problemas derivados de su intento de dominar a la otra persona para que él o ella no piense, sienta o se comporte como la pareja anterior.

2. *No puedo controlar a la otra persona, no importa lo enfadado que esté o durante cuánto tiempo.* El autor del daño sigue adelante y vivirá bien sin tener en cuenta si yo lo perdono o no. La única persona que sufre el impacto de mi resentimiento soy yo.

Conoce todo y perdonarás todo.

Tomás de Kempis

3. *En todo este incidente hay un oro que me espera, procuraré obtenerlo.*

Extraer el oro implica comprometerse a aprender del dolor y a analizar cómo podríamos haber evitado que el incidente ocurriera, y cambiar nuestra conducta y pensamiento en la medida en que sea preciso.

Para los adultos, esto incluye analizar si hubo un Juego e identificar cualquier forma en la que nosotros posiblemente participamos al incitar o alentar la conducta dolorosa (como en los Juegos descritos anteriormente).

4. *Mi odio está ensombreciendo mi propio futuro.*

Cuando una persona se aferra a la ira, al final la negatividad tiñe todos los sentimientos y empieza a forzar una espiral descendiente en todo lo referente a nuestra vida.

5. *Preferiría invertir el tiempo en cosas que me proporcionaran alegría en mi vida.*

Cuando archivamos la experiencia vivida como aprendizaje, rechazamos vincularnos a su vieja carga emocional y volcamos nuestra atención en lo que crea alegría y satisfacción en nuestras vidas, el mal que hemos sufrido empieza a disminuir, la inversión realizada para poder estar enfadados ya no parece merecer la pena y podemos avanzar hacia una solución.

6. *Dios permitió que esto me ocurriera para mi bien espiritual, y yo elijo reclamar ese bien.*

   Según se cita en muchas escrituras, el Todopoderoso promete el bien que surge a raíz del mal. «Todas las cosas trabajan juntas para bien de los que aman y sirven al Señor» es sólo una de ellas. Esta es una percepción espiritual. No todo el mundo puede identificarse con este punto de vista decisivo, aunque quizás convenga saber que muchas personas, incluso aquellas que han sufrido enormemente, han llegado a la conclusión de que toda experiencia puede proporcionarnos la tierra para cosechar buenos frutos. He aquí un ejemplo:[5]

«Un hombre robó dinero del negocio de mi marido, y como resultado de ello, el negocio se vino abajo con la consiguiente quiebra.

»Mi marido consiguió un trabajo nuevo bueno, pero que sólo nos permitía vernos los fines de semana. Yo detestaba esa separación. Estaba furiosa por haber sido forzada a realizar estos cambios no deseados y le eché la culpa a ese hombre.

»Como ya era habitual en mí, enterré mi enfado. Mientras investigaba y escribía mi libro *Tu cuerpo cree todo lo que dices* (*Your Body Believes Every Word You Say*, en su título original), descubrí que enterrar la emoción es una receta para la enfermedad y que podría conducir a una dolencia indeseada aún mayor. Tras haber aprendido de mi experiencia de un tumor cerebral que me duró 15 años, sabía también que lo que yo crea o diga influencia cómo me siento física y emocionalmente. Sabía que por debajo del odio y la ira se encontraba la emoción más básica de todas: mi tristeza. Y yo sentía mi tristeza. ¡Lloré mucho!

»No obstante, un día empecé a comprender que la situación estaba en realidad produciendo algo de provecho en mi vida: por ejemplo, ya no tenía miedo de vivir sola. De hecho, estaba empezando a disfrutar de la libertad para hacer lo que quería, y cuando quería. Podía decir que odiaba mi nueva vida o que estaba realmente agradecida por las lecciones que me había enseñado y por la liberación de mi antiguo temor. Podía elegir *Ser Feliz*... ¡pasara lo que pasara!

»El hecho de reconocer lo que había ganado me facilitó perdonar al hombre que le robó a mi marido.

»Estoy agradecida por haber encontrado la clave para convertir mi experiencia amarga de la vida en una dulce y saciante limonada. Creo que he aprendido la lección ahora, ya que cuando leáis esto, mi marido y yo estaremos juntos otra vez todo el día. Toda esta experiencia confirmó mi creencia de que la VIDA ES PERDONAR.»

7. *La viga en mi propio ojo pesa más que la paja en el ajeno.*

En lo que concierne a la proyección, siempre hay una negación de nuestros defectos. La adopción de una actitud menos intransigente proviene de la comprensión de que nosotros también tenemos un asesino en nuestro interior, alguien que, si se le lleva demasiado lejos, puede hacer sudar mucho a una persona para apuntarse un tanto.

«Yo era una de esas niñas con quien los otros niños se meten. Donde yo crecí, en las islas, si alguien te hiere es que es culpa tuya, y eso era lo que mi madre creía. Así que encima de ser marginada por mis compañeros de clase, me castigaban en casa por llorar por ello. Mi abuela solía decirme que los perdonara, y yo hacía todo lo que podía, pero era muy difícil. Lo peor fue cuando me arrastraron hasta un agujero y me dejaron ahí para que me muriera. Realmente pensaba que iba a morir ahí. Al cabo de unas horas, alguien vino y me rescató, pero eso puso fin a mi propósito de perdonar. Después, durante muchos años viví con ira y dolor dentro de mí porque odiaba lo que me hicieron, y sentía que mi rabia era mi única protección. Viví con ese resentimiento durante mucho tiempo.

»Sólo cuando cometí un terrible error pude empezar a liberarme. A los 18 años, tuve un aborto espontáneo. Fue culpa mía, porque no comprendía completamente cómo una mujer embarazada debía cuidarse. Mi marido me echó la culpa, y en parte tenía razón. Le supliqué que me perdonara, pero se negó a ello. Tuve mucho tiempo para reflexionar sobre lo que era haber cometido algo tan malo que costó la vida de una persona.

»Cuando al final mi marido me perdonó, sentí como si me hubiera quitado un gran peso de encima. Eso fue lo que me permitió perdonar a mis compañeros de clase. Nunca pensé que pudiera tener algo en común con ellos, pero ésta y otras experiencias me mostraron cuán difícil es realmente distinguir lo que es correcto y lo que no cuando se es joven, pequeño, y relativamente indefenso.

»Por muy terribles que hayan sido mis problemas, siento que lo peor que podemos experimentar es no lograr perdonar. También aprendí qué regalo tan increíble puede ser el perdón. Perdonar y ser perdonado no sólo me hizo sentirme bien. Me permitió abrir todo un nuevo capítulo en mi vida.»

Las etapas del perdón

Existen tres etapas principales en el perdón:

a) *Soltarse*. Liberarse significa: (1) abandonar la lucha de poder contra lo ocurrido; y (2) aceptar que lo que ocurrió *ya pasó*, y que no hay nada que podamos hacer para cambiar ese hecho; (3) desviar nuestra preocupación por lo ocurrido hacia otras vías que hagan avanzar nuestras vidas.

b) *Sanar la herida* significa sentir tristeza, soltar el dolor y dejar que fluya la pena. También significa adoptar medidas correctoras para reducir el dolor que quede de la situación.

Estas acciones correctoras incluyen la búsqueda de nuevas cosas que reemplacen lo que se perdió. Sanar la herida va en parte en función del tiempo, así que puede tardar. También va en función de la percepción de quiénes somos y de que lo ganado supera con creces el coste de la experiencia.

La herida se cura completamente cuando podemos recordar el incidente sin ponernos tensos mental, emocional o físicamente.

c) *Reconciliarse* significa volver a crear la relación, volver a negociar sus términos, incorporando nuevos compromisos, y con el tiempo, celebrar el aprendizaje y el crecimiento que resultó de la crisis de perdón.

El perdón mutuo de los vicios de cada uno
es la puerta del paraíso.

William Blake

Es muy importante observar que la *reconciliación requiere dos personas*. Ambas partes deben reconocer el daño, las consecuencias y el dolor; quien lo causó debe sentir y comunicar el remordimiento y luego dar un paso para la indemnización de ese daño, sin importar lo que cueste en orgullo. La víctima debe elegir arriesgarse a confiar de nuevo.

La reconciliación se da por completa cuando se ha restablecido la confianza.

El remordimiento y la indemnización, los portales hacia la reconciliación, a menudo sólo se abren si la persona herida está dispuesta a comunicarse. A veces el ofensor ni siquiera se da cuenta de que se ha cometido una ofensa; otras veces, un viejo resentimiento ha cegado al ofensor sobre la importancia que tiene la víctima para él. Pero incluso en estos casos, cuando la persona herida comunica al ofensor que éste rompió un pacto y que eso le causó un profundo dolor, puede evocar un profundo remordimiento.

Por esta razón, es importante que las víctimas no sufran en silencio. Oír la agonía de la persona herida puede ser insoportable para el ofensor, pero si ese dolor conduce al remordimiento, vale la pena. San Pablo habla de ello en su segunda carta a los Corintios, escrita después de oír los cambios que éstos hicieron como resultado de la desafiante primera carta que él les había escrito:

«Porque si os entristecí con mi carta, no me pesa. Y si me pesó —pues veo que aquella carta os entristeció, aunque no fuera más que por un momento—, ahora me alegro. No por haberos entristecido, sino porque aquella tristeza os movió a arrepentimiento. Pues os entristecisteis según Dios, de manera que de nuestra parte no habéis sufrido perjuicio alguno. En efecto, la tristeza según Dios lleva al firme arrepentimiento para la salvación [...] habéis demostrado ser totalmente inocentes en ese asunto [...] Mirad qué ha producido entre vosotros esa tristeza según Dios: ¡qué interés y qué disculpas, qué enojo, qué temor, qué anhelos, qué celo, qué castigo! [...] Así pues, si os escribí no fue a causa del que injurió, ni del que recibió la injuria. Fue para que se pusiera de manifiesto entre vosotros ante Dios vuestro interés por nosotros.»[6]

Para las situaciones en las que las personas se aman, este fragmento ejemplifica el verdadero propósito de la confrontación entre víctima y ofensor: el de enderezar la relación. Cómo eso ocurre exactamente en los corazones de los implicados no está del todo claro.

Afortunadamente, no tenemos que saber con precisión *cómo* perdonar, ni siquiera *qué* es el perdón, para avanzar un primer paso hacia esa dirección; y ese paso consiste en desarrollar una imagen mental, una visión.

Y por toda la Eternidad
yo te perdono, tú me perdonas.

William Blake

6 *Visualizar el perdón*

Al igual que la electricidad y el perdón, el poder de visualizar, de imaginar, es un misterio que nos presta un servicio, tanto si lo comprendemos como si no. Se trata simplemente de una cuestión de aprender a apretar el interruptor, por decirlo de alguna manera. He aquí el interruptor para activar esa facultad, la capacidad de visualización:

1. Di la verdad sobre todos los aspectos del estado actual en que te encuentres.
2. Al mismo tiempo mantén una imagen clara, detallada, multisensorial y emocionalmente rica de lo que tú deseas.

3. Sigue manteniendo esas dos realidades en tu mente y te verás atraída inexorablemente hacia tu estado deseado.

Cuando sentimos ira hacia una persona que ha estado muy próxima a nosotros, nuestra visión está normalmente colmada de experiencias de no perdón. Para algunos de nosotros, la mejor visión que podemos lograr es un consuelo para una o más de las siguientes actitudes:

1. *Pensamientos radicales*: Si algo está mal, todo está mal. No podemos recordar o valorar positivamente las cosas de valor que la persona ha hecho o está haciendo; todo lo que recordamos es que no estuvo a la altura de las circunstancias.

2. *Aislamiento*: Nuestro estado es de insensibilidad o indiferencia hacia esa persona.

3. *Apego excesivo*: No podemos estar tranquilos ante cada acción que la persona emprende; nos tomamos cada uno de sus movimientos como una afrenta personal.

4. *Rabia y deseos de provocar daño*: Queremos darle una patada en el estómago; pensamos en una venganza física, o incluso en el asesinato.

5. *Repulsión*: El hecho de que esa persona esté viva nos molesta. Queremos que desaparezca completamente de la faz de la tierra.

6. *Resistencia a la obligación continuada:* No somos capaces de satisfacer las necesidades de esa persona sin enfadarnos, manchar su reputación y criticarla.

7. *Envidia:* Nos tomamos a mal cualquier cosa buena que le ocurra a esa persona.

8. *Impotencia:* Nos sentimos mental, física y emocionalmente más pequeños o débiles.

9. *Autocompasión:* No somos capaces de ver más allá de nuestro dolor para comprender el suyo.

10. *Culpa y vergüenza:* Nos odiamos a nosotros mismos por sentirnos tan negativos y nos avergonzamos de que alguien eligiera herirnos.

Pero más allá de visualizar un consuelo para esta lista de miserias, existen otras diversas formas de crear tú mismo una imagen mental del perdón. La forma más fácil es imaginar lo que harías, sentirías y pensarías si ya hubieras perdonado. Si, por ejemplo, quieres perdonar a tu ex cónyuge, podrías imaginarte a ti y a tu ex asistiendo a la ceremonia de graduación de uno de vuestros hijos. En esta imagen mental, tu ex puede haber cambiado o no, pero tú te sientes a gusto: atractivo, fuerte, libre y desapegado de tu ex. Si tu ex tiene pareja o no, si es amable o no, si está arrepentido o no, si está enamorado de ti o no, eso da igual. Sabes que fuisteis instrumentos para vuestro crecimiento mutuo, y que tú aprovechaste al máximo la oportunidad, tanto si tu ex la aprovechó como si no. Saludas a esa persona y sigues tu camino.

A veces una imagen mental del perdón significa sencillamente la libertad. Un amigo, Barry, nos comentó triunfalmente un día: «Bien, lo conseguí, ¡finalmente perdoné a mi amigo!» «¿Y cómo te sientes?», le preguntamos. «¡Fantástico! Me siento igual que cuando dejé de beber hace un año. Tan sólo me liberé de algo que se estaba apoderando de mí». Esa libertad se había convertido en algo muy preciado para Barry, y actualmente su inclinación hacia el perdón, y especialmente rezar por las personas con quienes está enfadado, se ha vuelto algo firme en él.

Cuando estas imágenes mentales no surgen con facilidad, debe seguirse un camino más profundo, aunque menos bien definido, que tiene que ver, de nuevo, con la voluntad. El acceso a nuestra propia fuerza de voluntad puede verse obstruido por un trauma grave en la infancia o el consumo de sustancias adictivas. Para algunos de nosotros, los resentimientos profundos y de larga duración, especialmente hacia alguien con quien hemos mantenido una estrecha relación, han entrado a formar una parte tan importante del entramado de nuestras vidas que ni siquiera podemos empezar a imaginarnos cómo sería haber perdonado a esa persona.

En estos casos, se requiere mucho más calor del que podemos reunir para derretir el hielo que se ha formado en nuestros corazones. Lo que hace falta es compañía, colegas, un grupo de compañeros comprometidos que se unan a nosotros y nos animen en nuestro viaje hacia la libertad.

Es posible que también se precise una llamada a algo superior a nosotros mismos, a un Poder Superior. La naturaleza de ese llamamiento varía enormemente según cada persona, pero cuando nos sentimos suficiente y fuertemente atraídos por la promesa del perdón como para pedir ayuda, incluso el menor indicio de cambio puede abrirnos la puerta. Basta con ver, por ejemplo, la siguiente historia:

Starr Daily era un preso brutal y peligroso obligado a estar totalmente incomunicado. Mientras se encontraba en su celda sufriendo frío, con fiebre, pasando hambre y sed, reflexionó que su vida había estado totalmente regida por la rabia y el odio.

Mientras yacía en el suelo, pensó que toda su vida había estado regida por el odio. Luego se le ocurrió la pregunta: «¿Qué habría pasado si hubiera amado en vez de odiado?». Inmediatamente, se sintió inundado por una paz y felicidad de lo más asombrosas y cercanas al éxtasis; experimentó por vez primera lo que era ser amado y aceptado incondicionalmente.

Desde ese momento en adelante, sus relaciones con todas las personas de la prisión cambiaron, y siguió una vida de servicio de extraordinario poder y capacidad de sanación.[7]

Cuando experimentamos el perdón divino, nos vemos inmersos en un bálsamo sanador tan enriquecedor y satisfactorio para nosotros que no hay nada que pueda hacernos sentirnos pobres o humillados. Este poder espera con atención el mínimo indicio por nuestra parte de que estamos verdaderamente dispuestos a rendirnos al amor.

Así que cuando te encuentres verdaderamente en un aprieto, incapaz de avanzar tú solo a través del cauce del perdón, puedes invocar el poder del Amor para que acorte el espacio que existe entre lo que tú deseas alcanzar y lo que puedes hacer. Puedes pedir al Espíritu Santo que te otorgue la imagen mental del perdón necesaria, que elimine tus resentimientos y que los sustituya por el perdón. ¿Acaso tienes algo que perder?

Porque todo el que pide recibe; el que busca, halla; y al que llama, se le abrirá...

Mateo 7:8

Las mentes son como los paracaídas:
sólo funcionan cuando están abiertos.

Thomas Dewar

7 *Varios procesos para el perdón*

El perdón es algo muy personal. No parece existir ninguna forma establecida o correcta de llevarlo a cabo o experimentarlo. Para uno, perdonar puede ser sencillamente una cuestión de declarar: «te perdono», y ya está. Para otro será una cuestión de tiempo, que le permita curar la herida, y un día se levantará y descubrirá que le gustaría volver a ver a esa persona. Y para un tercero, se tratará de una aflicción constante que no se va, no importa cuántas terapias haga, cuánto llore, cuánto rabie; luego de repente se da cuenta de que lo que entorpece el paso es su propia culpa, que ha sido proyectada en la otra persona; una vez admitida esa culpa, es libre.

La mayoría de las veces, la falta de perdón tiene algo que ver con nuestro «Hechizo Familiar», la imagen de un antiguo recuerdo que se sobrepone en nuestra vida actual, lo que nos hace temporalmente incapaces de vivir en el aquí y ahora. Para perdonar, necesitamos realmente trabajar con los primeros recuerdos en vez de con la persona que se es en este momento.

En este capítulo, sugerimos formas para abordar el perdón que nos han resultado útiles a nosotros y a los demás. Las estrategias básicas incluyen una o más de las siguientes: expresar sentimientos que han sido negados o reprimidos, identificar y aliviar temores que puedan tener los Niños Internos, desvelar las imágenes del Hechizo Familiar que puedan entorpecer el perdon, y finalmente, renunciar al orgullo. Como preparación para cualquiera de los siguientes ejercicios, imagínate que estás frente a la persona a quien te has propuesto perdonar.

Da un gran salto hacia adelante en el tiempo

El siguiente ejercicio te invita a crear tú mismo una imagen mental del perdón. Es sólo una de las muchas maneras de abordar la cuestión, pero al menos es un comienzo, y ha resultado muy eficaz en los casos en que es posible una reconciliación. En primer lugar, elige a alguien a quien te comprometas a perdonar. A continuación, medita sobre esto:

Imagina que eres muy viejo. Muchos de tus amigos ya han fallecido.

Paseas por un parque en primavera. La brisa es suave y los pájaros cantan a pleno pulmón. Los narcisos están espléndidos, y con el cálido sol, los árboles exhiben de repente sus frutos en flor. Eso te trae a la memoria tu juventud.

Al mirar hacia atrás en tu larga vida, eres consciente de haber vivido plenamente y bien. Las penas y las alegrías han tejido un rico tapiz para ti, y tú has adquirido sabiduría, sentido del humor y cierta dosis de tranquilidad. La vida parece larga y corta al mismo tiempo, larga porque han ocurrido muchas cosas, y corta porque sabes que no queda mucho más por vivir. Así que saboreas este día primaveral, sintiéndote agradecido por cada detalle de la naturaleza que ves mientras paseas.

Observas, a uno de los lados, que la luz del sol se posa sobre un pequeño banco curvado, que te invita a sentarte un rato para disfrutar del paisaje. Miras fijamente a través de los árboles, moteados por la luz del sol, que se alzan sobre un prado lleno de flores; al final, tu mirada se dirige al fondo, hacia un extenso lago que sabes que es profundo y cristalino.

Mientras te acercas al banco, ves a alguien que avanza por el sendero en dirección contraria a la tuya. Ésta es la persona que elegiste al principio de este viaje.

No os habéis visto desde hace años. Entonces te viene a la memoria lo ocurrido hace mucho, y cómo dejasteis que se interpusiera entre vosotros durante tanto tiempo. Ambos os detenéis, recordando, retrocediendo en el tiempo.

Al regresar al presente, os veis el uno al otro ahora, al final de vuestras vidas, en este día de primavera. Os envuelve una maravillosa luz, como una neblina de dulce afecto en la cual estáis ahí de pie, mirándoos.

Sabes que se te está dando una oportunidad, probablemente por última vez en esta vida, de curar las viejas heridas. La otra persona también lo sabe. ¿Qué harás? Ambos os acercáis al banco, os sentáis, y dirigís vuestra mirada hacia el lago que se extiende en el prado. Tras unos momentos en silencio, te vienen a la mente las palabras: «¿Amarás a esta persona al igual que tú has sido amado?».

Os miráis el uno al otro, y hablando desde tu corazón, le dices a esa persona: «quiero escuchar todo lo que esté en tu corazón con relación a nosotros y cualquier asunto que esté pendiente entre ambos. Ha pasado mucho tiempo ya para que aún sigamos separados por cosas que no se han dicho. Somos demasiado viejos ahora como para seguir esperando el momento más oportuno».

Tú escuchas mientras la otra persona expresa todo lo que queda por expresar. Cuando él o ella ha acabado, le das las gracias. Luego dices todo lo que haga falta decir para poner fin a este asunto tan viejo entre vosotros.

Escribe una carta

Uno de los procesos más sencillos para el perdón, si no el más corto, es escribir una carta dirigida a la persona en cuestión (que no tienes intención de enviar). La carta debe escribirse con el propósito de ayudarte a establecer una base nueva y clara para una relación continuada con esa persona. No importa si la persona está viva o no.

La carta debería expresar cómo te sientes y por qué, decir lo que tú quieres, y declarar que tú ahora perdonas a esa persona.

El ejercicio se dará por terminado sólo cuando tú puedas decir que la carta es auténtica, y que tú mismo acogerías con agrado recibir una carta así. No te sorprenda si llegar hasta ese punto te cuesta varios borradores. Decide si vas a enviar la carta o no sólo después de asegurarte de que la carga emocional no entra en juego, que has dicho lo que quieres decir, que sientes lo que en efecto expresas, y que no lo has dicho de una forma antipática. Espera tres días hasta confirmarlo.

¡Si pudiera ponerle las manos encima...!

Este ejercicio facilita una forma de expresar y liberar todas las fantasías homicidas que puedas estar albergando, consciente o inconscientemente. Es el siguiente:

Imagínate, a una distancia aproximada de un metro y medio, una versión en miniatura de ti mismo que mida 30 centímetros de alto. Tiene que quedarte claro que esta diminuta versión de ti está absolutamente a salvo de cualquier daño, y lo mismo ocurre contigo. Pues bien, deja que esta imagen de ti exprese tus sentimientos *completamente*. Si quieres hacer volar a la persona que te ha causado daño, desmembrarla, hacerla desaparecer, imagina las secuencias en las que ocurre todo esto.

Las acciones pueden ser lo más horribles que quieras porque nadie en absoluto va a salir herido. El propósito de este ejercicio es liberar emociones, al igual que uno libera el pus de un forúnculo y se alivia el dolor.

Dirige la ira *hacia fuera*. Bajo ningún concepto debes dejar que esta imagen arremeta contra sí misma, contra ti, o contra cualquiera de tus Niños Internos. Eso es puramente una forma de evitar tener que expresar ira hacia una persona cuando puede ser peligroso hacerlo. Si eso es lo que esa imagen quiere hacer, di no, y sigue invitándola a expresar el resentimiento real hacia fuera.

Cuando la imagen deje de estar enfadada, pregúntale: «¿Cómo te sientes? ¿Quieres continuar? Sigue hasta que acabes». Cuando la imagen haya acabado, pregunta qué quiere ahora —si un abrazo, un descanso, o un cachorro.

Haz un repaso de todos los Niños Internos para ver si ellos también quieren expresar ira u otros sentimientos hacia esa persona.

Sólo podía gritar

Según han enseñado muchos notables terapeutas[8] a lo largo de los años, gritar es excelente. El propósito de este ejercicio es descargar un exceso de energía emocional para despejar el pensamiento y la percepción. Los inconvenientes son que puedes acabar con dolor de cuello y que se hace mucho ruido. Necesitarás un lugar donde puedas armar un enorme jaleo sin que nadie te moleste. Si eso falla, súbete a un coche, asegúrate de que *todas* las ventanillas estén subidas, aparca en algún lugar discreto, agárrate al volante y grita con todas tus fuerzas. Puedes hacerlo solo, o mejor aún, acompañado de un amigo.

Con todas tus fuerzas, grita pronunciando el primer pensamiento que te venga a la cabeza sobre esa persona. Luego el siguiente pensamiento y luego otro. Mejor aún, piensa el pensamiento y grita el sentimiento. Pero no te pierdas en tus pensamientos. Si sólo tienes uno, grítalo una y otra vez. Al final, una vez has dado con el pensamiento predominante, ni siquiera tienes que pensar las palabras. Deja las palabras y emite sólo sonidos, permitiendo que los sentimientos invadan todo tu cuerpo.

No te preocupes de cuáles son los sentimientos específicos mientras éstos surgen, ni de por qué los estás sintiendo. Los resentimientos de larga duración casi siempre incluyen dolor y temor, sueños truncados, y a menudo humillación. Tu propósito no es clasificar la «basura», sino expulsarla de tu cuerpo.

Expresa los sentimientos (rabia, tristeza, temor) hasta acabar. Luego dirígete a tus Niños Internos y deja que el amor fluya hacia ellos.

Los Niños Internos pueden resistirse a expresar su rabia, por ejemplo, porque «no servirá de nada». Es cierto que no cambiará el pasado, y es importante saber que expresar los sentimientos, especialmente la rabia, no cambia nada fuera de nosotros mismos. Pero ése no es el propósito de expresar los sentimientos.

El verdadero propósito de expresar los sentimientos es permitirnos descargarlos, incorporar la energía atascada, y dejar lugar para poder sentirnos bien en el presente. Y eso es, naturalmente, lo que se persigue. ¿A quién le importan nuestras heridas pasadas si nos sentimos bien y valiosos en el presente?

Si expresamos los sentimientos y no sentimos ningún alivio, entonces es probable que ocurra una de estas dos cosas: (1) los sentimientos que se expresan son sustitutos de los reales (por ejemplo, podemos estar expresando ira, pero en realidad sintiendo tristeza por debajo), y necesitamos llegar a los sentimientos reales antes de poder descargarlos; o (2) utilizamos los sentimientos como un modo de hacer cambiar a otra persona («si permanezco triste —o enfadado o asustado— durante un periodo lo suficientemente largo, tendrás que hacer lo que yo quiera: cuidar de mí, dejar de herirme, volver, sentirte culpable»).

Si ninguno de estos dos ejercicios funciona, ayudamos a las personas a que examinen más profundamente los orígenes de su resistencia a perdonar.

¿Cuándo te sentiste así por primera vez?

Cuando el Hechizo Familiar[9] ha sido activado, necesitamos perdonar lo ocurrido en esa escena original antes de que empiece a abrirse el actual punto muerto.

Haz que tu Adulto pregunte a los Niños cuándo fue la última vez que se sintieron de este modo respecto a alguien. Un Niño Interno te lo recordará devolviéndote la escena o el recuerdo a la memoria. No te preocupes si la respuesta no parece estrictamente lógica en ese momento. El primer recuerdo que surja puede ser tan solo un puente hacia el que estás buscando. Es posible que retrocedas varias escenas de este tipo antes de llegar a la original.

Cuando surja dicho recuerdo, haz que el Adulto les diga a los Niños Internos que están perfectamente a salvo, que el Adulto está al frente de la situación y que no permitirá que les ocurra ningún daño. Di que los amas y que bajo ningún concepto los abandonarás. Si eres consciente de que hay mucha ansiedad, quizás quieras llamar a alguien o decirle que venga para que esté junto a ti mientras tú profundizas en tus recuerdos. Una vez que los Niños estén confortados, procede a preguntarles lo siguiente:

1. «¿Qué recuerdas que ocurrió?»
2. «¿Cómo te sentiste?»
3. «¿Qué decidiste?»
4. «¿Qué crees que eso hizo por ti en ese momento?»
5. «¿Qué crees que esa decisión está haciendo por ti ahora? ¿Por los otros Niños Internos? ¿Por las personas a quienes amas?»
6. «¿Qué es lo que deseas cambiar?»

Si perdono, entonces...

Otra forma de llegar a lo que los Niños Internos temen que ocurra si perdonan a alguien es completar,

126

por escrito, una serie de afirmaciones como las que se ofrecen a continuación:

«Si perdono, entonces...	*tendré que...»*
«Si perdono, entonces...	*no seré capaz de...»*
«Si perdono, entonces...	*la persona* (verbo en futuro)...»
«Si perdono, entonces...	*tú* (verbo en futuro)...»
«Si perdono, entonces...	*la gente* (verbo en futuro)...»
«Si perdono, entonces...	*la vida nunca* (verbo en futuro)...»
«Si perdono, entonces...	*nunca nadie* (verbo en futuro)...»
«Si perdono, entonces...	*Dios* (verbo en futuro)...
o bien	*Dios no* (verbo en futuro) ...»
«Si perdono, entonces...	*yo nunca* (verbo en futuro)...»
«Si perdono, entonces...	*mamá o papá* (verbo en futuro)...
o bien	*mamá o papá no* (verbo en futuro)...»
«Si perdono, entonces...»	

Hazlo hasta dar con varias frases que evoquen algún tipo de respuesta emocional. Después vuelve a la lista y lee cada frase en voz alta, preguntando: «¿y luego?, ¿y luego?» para ver cuál es tu cadena de razonamientos.

Por ejemplo:

Si perdono a mi madre,
entonces ya no se sentirá culpable.

¿Y luego?	*ella se irá*
¿Y luego?	*me quedaré solo*
¿Y luego?	*moriré*

Por tanto, uno de los Niños Internos de esta persona ha asociado que si él perdona a su madre, morirá. Ése es el pensamiento de un niño muy pequeño y no tiene relevancia en el presente. El Adulto puede hablar con este Niño Interno, tranquilizarlo asegurándole que él o ella no morirá en el momento presente porque el trabajo de la madre biológica ha terminado —para bien o para mal— y que la persona ha sobrevivido. Ahora el Adulto es tanto madre como padre. Cuando su Niño Interno ha asimilado esa información, incluso si es en parte, la persona pasa después a cualquiera de las otras afirmaciones que comportaban una carga emocional.

He aquí otro ejemplo que muestra que a veces las personas guardan un resentimiento contra otra para no tener que enfrentarse a una tercera:

Si perdono a mi padre,
entonces tendré que tratar con mi madre.

¿Y luego?	*estaré muy asustado*
¿Y luego?	*tendré que decir la verdad*
¿Y luego?	*ella estará muy enfadada*
¿Y luego?	*ella me abandonará*
	y yo moriré
¿Es eso cierto?	*no. Yo, el adulto, nunca*
	abandonaré a este Niño
	Interno. Este Niño es mío.

¿Cómo me hago a mí mismo lo que esta persona me hizo?

A menudo estamos enfadados con alguien no tanto por lo que *esa persona* nos ha hecho sino por lo que nosotros mismos nos hemos hecho. De una forma u otra, esa persona simplemente ha reproducido o repetido nuestro propio *autoabuso*, y la culpamos por todo ello. Esta pauta de conducta, abordada anteriormente en este libro, se llama proyección: *proyectamos* en otro la responsabilidad por lo que nosotros estamos haciendo o hemos hecho.

Tenemos a un Niño Interno que está abusando de otro, y nuestro Adulto no lo sabe hasta que vemos la conducta en otra persona y la intensificamos proyectando nuestra guerra interna en esa persona. Entonces luchamos contra ella, con la energía conjunta de la enfurecida Víctima Interna que contraataca y el Niño Interno que abusa, feliz de que otro cargue con las culpas.

Para hacer salir de su escondite al Niño Interno que abusa, hacemos la pregunta: «¿Cómo me hago a mí mismo lo que veo que esta persona me está haciendo a mí?». Resulta de ayuda probar con unas cuantas frases distintas, para ver qué nos parece aplicable a nosotros. Algunos ejemplos:

— Una mujer se enfada porque alguien la ha ignorado. Puede preguntarse a sí misma, «¿Cómo es que me trato a mí misma como si yo no existiera? ¿Cómo me trato a mí misma como si yo no contara? ¿Cómo no tengo en cuenta mi importancia dentro de un grupo?».

— Un hombre se enfada con su jefe por reconocer sólo los fallos de un informe que tardó dos semanas en preparar. Durante el proceso de perdonar a su jefe, podría hacerse la pregunta: «¿Cómo es que reduzco el valor de mi trabajo? ¿Por qué me niego toda impresión positiva? ¿Cómo es que la tomo conmigo mismo? ¿Cómo es que busco los aspectos negativos en vez de los positivos en mí mismo y en los demás?»

— Alguien acusa e insulta a una mujer por salir con un hombre veinte años más joven que ella. La mujer se siente indignada y enfadada. «¿Cómo es que me critico a mí misma por comprometerme con alguien mucho más joven que yo?»

Cuando la respuesta a estas preguntas es clara, el Adulto puede pedir perdón a ambos Niños Internos por permitir el abuso, prometerles amarlos y cuidar de ellos, y comprometerse a evitar que ocurra este tipo de conducta, interna o externamente, de ahora en adelante.

Recurre a un sustituto para hacer que la comunicación resulte más real

Algunas de las historias de este libro implican utilizar un sustituto o un doble para que reciba el mensaje que una persona necesita entregar a alguien que ha decidido perdonar. Esta técnica es muy útil cuando la persona está muerta o es peligrosa, porque libera del temor a las respuestas del otro. Las propias emociones del que perdona son todo a lo que hay que prestar atención.

Tú mismo puedes crearte una escena con un suplente. Todo lo que necesitas es alguien que desempeñe el papel de la persona a la que quieres perdonar, y un lugar donde no te interrumpan. La función del sustituto es escuchar y hacer o decir lo que tú le pidas.

Os sentáis el uno frente al otro y empiezas a contarle al sustituto todas las cosas que necesitas decirle a la persona que representa. No te reprimas, deja que todo fluya a través de palabras, lágrimas, gritos o golpes.

1. Admite libremente ante esa persona todos tus pensamientos y sentimientos dolorosos y furiosos que has tenido acerca de su comportamiento.
2. Confiesa que has estado recogiendo y almacenando rencores, y que has utilizado el comportamiento de esa persona para justificar tus acciones.

3. Hablando al ofensor, el sustituto puede en este momento decir: «Nunca voy a cambiar. ¿Vas realmente a perdonarme?».
4. Los siguientes instantes son solemnes y sagrados. Di al sustituto que vas a tomar la decisión de liberar tu resentimiento y que no vas a invertir más energía en ello.

El sustituto, dado que meramente actúa como doble, no hace falta que conteste a todo y puede dejar que la energía de esa comunicación fluya completamente y hacia fuera otra vez. La siguiente historia fue escrita por una persona que hizo de sustituto:

Mientras llegaba a su habitación en el hospital, mi querido amigo Tom me pidió que me sentara en su cama. Quería que supiera que, después de luchar contra su enfermedad durante tanto tiempo, había decidido parar su medicación, eliminar su gota a gota y dejar que la naturaleza siguiera su curso.

Él no se hacía ilusiones sobre lo que esto implicaba. Dijo que estaba preparado para lo que tuviera que suceder y para embarcarse en el viaje que le aguardaba.

Hacía muchos años que le conocía, lo había visitado varias veces en los últimos días, y me parecía correcta su elección.

Le pregunté a Tom si había algo que le quedara pendiente con relación a las personas cercanas a él, para que pudiera abandonar esta vida con el corazón alegre y libre. Después de pensarlo un rato, dijo que la única persona con quien no estaba del todo en paz era con su suegra, Harriet. Empezó a contarme todo lo que nunca había sido capaz de discutir con ella abiertamente. Mientras él hablaba de su dolor, su boca se contrajo, y también su voz.

Lo rodeé con mis brazos y le sugerí discretamente que ya que no podía hablar directamente con ella sobre lo que le pesaba en su corazón, que me hablara a mí como si yo fuera Harriet; podía utilizarme como un sustituto. Inmediatamente empezó a desahogarse, diciéndole cuánto se disgustaba a menudo por su comportamiento, y cuántas peleas iniciadas por ella habían acabado estallando en su familia después de que se fuera de casa. Fue a por todas, no se calló nada. Toda la frustración y la ira contenidas salieron hirviendo. No se había sentido con tanta energía ni tan animado desde hacía días, quizás semanas. Sus ojos se cerraron de golpe y su voz se quebró.

Como yo no necesitaba defenderme como Harriet, simplemente dejé que hablara hasta que lo contó todo.

Luego ocurrió algo de lo más extraordinario. Sin perder el compás, continuó diciendo cuánto la había querido siempre, y cuán triste estaba de que nunca hubiera podido expresarlo de tal forma que ella pudiera caer en la cuenta. Él también sabía dentro de su corazón cuánto ella le quería. Todos sus años de resentimientos y pesares se desvanecieron en una o dos frases, y todo lo que quedó fue la presencia del amor de Dios en la habitación.

Perdona a Dios y reza

No estamos seguros de en qué medida el perdón es razonablemente posible utilizando estrictamente medios psicológicos. Algunas heridas y resentimientos asociados a ellas son muy, muy profundos. Resulta muy duro perdonar a alguien que nos hirió de adultos; en la mayoría de casos, no podrían habernos maltratado sin nuestra colaboración. Pero, ¿qué ocurre con esos casos en los que nosotros no fuimos colaboradores en nuestro propio abuso? ¿Qué ocurre con un padre que nos rechaza y que nunca nos quiso? ¿Qué ocurre con el familiar que nos maltrata, que nos hirió o abusó de nosotros cuando éramos demasiado pequeños como para comprender o defendernos? ¿Qué ocurre con la sociedad que nos trató como si ni siquiera fuéramos seres humanos? ¿Y qué pasa con el creador, quien permitió que la vida nos fuera tan dolorosa? ¿El Dios que se llevó a nuestro papá cuando tanto le necesitábamos?

No entiendo por qué las personas aguardan escenas
de lecho de muerte para poder perdonar.
El perdón es tan eficaz para el proceso físico
de curación que no deberíamos esperar a estar
enfermos para llevarlo a cabo.

Maryanne Lacey y Padre Peter McCall

Si estás enfadado con Dios pero nunca se lo has dicho, te recomendamos que lo hagas. Si reprimir tus sentimientos es lo que te mantiene estancado, expresar estos sentimientos puede resultar extremadamente reparador. Y Dios es lo suficientemente grande como para asumirlo. No le hace falta defenderse de ti o de cualquier otro.

Si, después de expresar tu ira a Dios, no sientes ningún alivio, puede que estés proyectando en Él la imagen de alguien de tu infancia, probablemente un progenitor. Dios Padre a menudo se asemeja a nuestro propio padre. Los freudianos lo han sabido desde hace ya mucho tiempo. «Nunca he conocido a ningún ateo que tuviera una buena relación con su padre» es una de las frases célebres de esta filosofía. De ser así, entonces expresar nuestro enfado a Dios es normalmente una forma de eludir los conflictos con nuestro propio padre.

Podemos decir desde la base de nuestra experiencia que hasta que no te ocupes de solucionar los conflictos con tu propio padre, no sabrás realmente si tienes algo pendiente con Dios o no.

En algunos de los casos más difíciles, parece como si nuestro dolor, rabia y temor hubieran impregnado las mismas células de nuestro cuerpo, aportando la decisión de perdonar muy lejos del poder del intelecto. Una carencia de perdón de este tipo puede traer consigo la sensación de que Dios cometió un error y que ahora no lo admite. Si nuestros padres ni siquiera querían que naciéramos, podemos llegar a sentir que el mismo universo es caótico, y que sólo se extiende sobre él una fina capa de orden. El suelo mismo que pisamos siempre puede defraudar nuestra confianza.

No hay ningún mero acto de voluntad que elimine un trauma tan profundo. En estos casos, el perdón ha de incluir perdonar a esa(s) persona(s) por herirnos, a nosotros por ser heridos, y a Dios por permitirlo. A veces incluso después de años de trabajo —terapia, autocontrol, deseos, etc.— nuestro resentimiento no cede. ¿Y entonces qué?

Nosotros creemos que la fuente del perdón es espiritual, lo que nos abre a:

(1) la oración; (2) la sanación de recuerdos; y (3) la práctica espiritual.

Oración. En realidad, el título de esta sección es engañoso. Para nosotros, la oración es el primer recurso, no el último. Alentamos a las personas a que inicien sus propias conversaciones con Dios, y a que recen con nosotros para obtener la fuerza necesaria para perdonar. «Señor, no tengo lo que hace falta. Estoy asustado, enfadado, herido y agotado. Tengo miedo de bajar la guardia. Hago lo que puedo, pero si Tú quieres que yo realmente perdone a esta persona, Tú tendrás que hacerlo a través de mí» es una oración que Dios ha cumplido a lo largo de los siglos.

La sanación de recuerdos. La sanación de recuerdos ofrece una manera de tratar la falta profunda de perdón. Le pedimos a Dios que nos enseñe los recuerdos que han de ser sanados, y luego que Jesús o nuestro Poder Superior nos acompañe mientras nosotros volvemos a esos recuerdos, para que nos facilite la protección y el poder sanador que necesitamos para completar el proceso del perdón. Siempre nos ha funcionado.

Práctica espiritual. Para todos los que puedan, sugerimos asignar algún tiempo de meditación cada día, sin hacer nada más que recibir de Dios. Sin compromiso alguno. Escucha la tranquila y pequeña voz en tu interior. Imagínate sentado frente a Dios y simplemente te limitas a recibir. Imagínate que corres y que luego vas a parar de un salto a los brazos de Dios, para reposar abrazado y seguro durante todo el tiempo que quieras. Para las personas que fueron educadas dentro de la iglesia, pero que luego la han abandonado, o para todos aquellos que mantienen una relación cordial con Jesús, recomendamos que comulguen cada día.

Estos procesos nos fortalecen a través de una relación que se escapa al intelecto. De esa forma nuestras mentes ocupadas no pueden interferir en la sanación. A continuación exponemos una historia de cómo perdonar a Dios te puede resultar útil si estás lidiando con esta cuestión.

Pasé los cinco primeros meses de mi vida con un dolor insoportable y al borde de la muerte por inanición debido a un bloqueo parcial de mi intestino. Este bloqueo cesó espontáneamente un día mientras yo lloraba, pero el proceso fue tan agónico que perdí el conocimiento. Me desperté al cabo de unas horas totalmente curada.

Cuarenta años después recordé aquel incidente. Realizaba sesiones de renacimiento en grupo (*rebirthing*), en el curso de las cuales me encontré retrocediendo en el tiempo. Retrocedí hasta antes del nacimiento, incluso antes de mi concepción. Me vi cara a cara con Cristo y le pregunté: «¿Por qué me pusiste en un cuerpo sometido a tanto dolor cuando sabías que yo procedía de tanto Amor?».

La respuesta que escuché de Jesús fue: «¿Me perdonarás?», acompañada de un Amor indescriptible. La pregunta me cogió totalmente desprevenida. Nunca había pensado en el perdón con relación a mi dolor. De repente, el porqué se me antojó irrelevante, y supe que se me estaba ofreciendo una elección verdaderamente libre.

«Sí, Te perdono». Y de pronto me vi aliviada de un profundo dolor y confusión que había llevado conmigo todos esos años, de los cuales, hasta ese momento, no había sido consciente.

En cada acto de perdón hay amor.

Enseñanza sufí

8 *Más historias de perdón*

Reproducimos las siguientes historias, y agradecemos poder hacerlo, tal como nos han sido contadas o escritas a nosotros. Hemos cambiado los nombres para preservar la intimidad de las personas implicadas. Aparte de esto, estas historias reproducen lo más fielmente posible el relato original. Esperamos que os puedan resultar de ayuda.

Perdonarse a uno mismo por no haber evitado un suicidio

En marzo de 1990, Mac y yo emprendimos con mucho entusiasmo unas vacaciones de siete semanas en Canadá, en la Columbia Británica. Al cabo de cinco semanas y media, Mac falleció. Suicidio.

¿Qué ocurrió? ¿Lo sabré algún día? Hasta cierto punto, sé lo que ocurrió.

La autopsia confirmó la muerte por ahogo, el resultado final de una grave depresión. ¿Pero qué ocurrió realmente? Ninguno de los dos había visto antes una depresión. Yo fui la única que vio su terror. Porque por desgracia, mientras esperábamos a los médicos, nos tranquilizábamos, esperando que la ayuda estuviera de camino.

Después de la última visita del médico, Mac reveló: «estoy planeando mi suicidio». Luego en verdad lo intentó, pero no se vio capaz de hacerlo. Cuando me lo comentó, sentí un gran alivio y le dije: «me alegro de que hayas elegido la vida». El resto del fin de semana fue magnífico.

Lunes por la mañana, surge de nuevo la depresión. Esa noche Mac repitió: «voy a suicidarme». Yo contesté: «si lo haces, por favor no te lleves nuestro coche, no me lleves a mí, y por favor, no lo hagas a medias».

Esa misma noche él me volvió a despertar, muy afligido, y yo le abracé. «Mac», dije, «creo que será mejor que te tomes un calmante». Cuando se hubo dormido, yo salí afuera a meditar. Cuando regresé al cabo de media hora, la cama estaba vacía.

Fue un momento de *shock*. Corrí al lago. Le llamé, frenética. No hubo respuesta. ¿Qué podía hacer? Luego vi su nota suicida. *Ya no aguanto más. Tú has dado lo mejor de ti. Pero tu amor no es suficiente. Te quiere, Mac. P.D. Estarás mejor sin mí.*

¿Mi amor no fue suficiente? ¡Idiota! ¿Por qué no lo llevé arrastrando hasta el hospital? ¿Por qué permití que lo hiciera? ¿Pude haberle detenido? *Ni siquiera lo intenté.* Yo no merecía vivir.

Durante los siguientes dos años, me convertí en una suicida. Me perseguían recuerdos de su terror, sentimientos de culpabilidad, de cómo él se suicidó, de lo que yo le había dicho —«No lo hagas a medias»—, motivo por el cual se puso sus botas de trabajo y cadenas, tomó calmantes, y se encaminó hacia el agua helada.

Para poder seguir viviendo, yo *tenía* que creer que estaba perdonada. Tenía que creer que él me perdonó, tenía que perdonarme a mí misma. Lo siento, Mac, lo siento mucho. Me imaginé que Dios me abrazaba, que me amaba a pesar de todo. Yo misma me abrazaba, llorando. Dejaba que los otros me abrazaran también. Y así me he curado. Desconozco el «porqué» de lo ocurrido, pero sí sé que una parte considerable de mi curación ha sido el perdón, así como también, paradójicamente, ha funcionado como un antidepresivo ideal para mí que devolvió el equilibrio a mi organismo.

Ahora me dedico a llevar nuestra casita de campo, que Mac y yo construimos con tanto amor, como un lugar de retiro para que las personas se sientan tranquilas, en paz, impregnadas de un acogedor cariño, y perdonadas.

Un hombre perdona a su ex esposa

Nos enamoramos locamente. O al menos yo sí. Y ella también, creo. Era tan femenina, tan emocional, alentadora, comunicativa, magnética. Era como la viva encarnación de todo lo que me resultaba desconocido. Me parecía misterioso y fascinante sólo estar con ella. Yo me quedaba sin aliento con la belleza de su cuerpo. Y creo que a ella le ocurría también conmigo. Ella quería estar al lado de mi capacidad de concentración y de mi fuerza, de esa capacidad que yo tenía innatamente para ejercer poder, para aspirar a conseguir cualquier cosa en el mundo y hacer que sucediera.

Pero las cosas empezaron a cambiar. Dado que cada uno de nosotros estaba tan decidido a seguir la dinámica del otro, perdimos la capacidad de expresar nuestras propias cualidades únicas. Lo que al principio amábamos, ahora lo empezábamos a odiar. Ahora ella era «demasiado emocional» y yo «demasiado hambriento de poder» —la parte más superficialmente atractiva que en su día aunó las virtudes que nos atrajeron—. Ninguno de los dos comprendía en realidad al otro. Cuán desesperadamente necesitaba ser comprendido y aceptado tal como era. Acabamos peleándonos constantemente.

Tan desoladora fue la pérdida interna de mi fantasía, que me di cuenta de que si no me alejaba de ella, la acabaría matando, o a ella o a mí.

La separación física fue la experiencia más devastadora de mi vida. Habíamos dicho que no permitiríamos que nuestros hijos sufrieran, pero ella utilizaba a los niños y yo el dinero para continuar una guerra que no éramos capaces de dejar.

En el fondo, aún guardaba profundos sentimientos hacia ella. Anhelaba tocarla. Anhelaba conectar con lo que me había proporcionado tanta vida en los viejos tiempos. Pero cuando abríamos nuestros corazones el uno al otro, normalmente no había mucho tiempo, y la siguiente visita que hicimos a nuestros abogados acabó por aplastar cualquier posibilidad. La crueldad de nuestra cultura por permitir que guerreros legales negocien la cantidad de una relación rota es increíble.

Ahora todo ha acabado. Separados durante dieciséis años, ya es hora de perdonar. ¿Pero qué es perdonar? ¡Todo! Primero tengo que perdonar a una cultura que me enseñó a elegir mal mi pareja en el matrimonio, sobre la base de la experiencia de «enamorarse». Esa experiencia la considero ahora como una psicosis leve, llena de proyecciones psicológicas. En segundo lugar, tengo que perdonarme a mí mismo por ser tan cretino, tan narcisista, tan creído de mí mismo y tan pendiente de mis propias necesidades que no podía ver a nadie más, ni siquiera a alguien que estaba tan cerca de mí. Y en tercer lugar, tengo que perdonarla a ella por no ser lo que pensaba que era. Durante todos estos años yo le decía: «deberías ser lo que creo que eres, lo que yo construí en mi mente que fueras, lo que necesitaba».

Te perdono. Yo me perdono. No nos hemos reconciliado en el sentido que normalmente se asocia al término, de guardarnos tiernos e íntimos sentimientos mutuos. Como el viejo Jacob, tengo una cojera sagrada. Me hace recordar mi humanidad.

Una mujer perdona a su ex marido por haberla abandonado

Prácticamente de la noche a la mañana, pasé de tenerlo todo a no tener nada. Era la esposa de un médico, tenía una hija hermosa, disfrutábamos de los lugares de recreo más modernos de la nación, y prácticamente compraba todo lo que quería, incluyendo los servicios de una mujer de la limpieza que venía a mi casa dos veces por semana. Al cabo de seis meses, mi marido se fue a vivir con otra mujer, el banco nos embargó y se quedó con mi coche, ambos nos declaramos insolventes, y la que acabó limpiando las casas de los demás fui yo.

¿Por qué me ocurrió esto? Mira lo que me ha hecho, me quejaba a mí misma y a todos los que estuvieran dispuestos a escuchar. Yo odiaba, rabiaba, tramaba historias y conspiraba.

Ahora he perdonado a mi marido, he restablecido mi reputación en cuanto he podido, y tengo, en cierto modo, más de lo que tenía antes. El camino que recorrí fue el perdón.

El primer paso en ese camino fue cambiar mi actitud negativa. Siempre había asumido el papel de víctima, tanto si estaba siendo perseguida como si no. Para cambiar eso, resolví aceptar que todo lo que me ocurrió fue por mi bien, para que me sirviera de apoyo para salir vencedora. Pensar en positivo me costó algo de práctica. Al principio, cuando las cosas iban mal, decía directamente que me encontraba en la lista negra de Dios. Pero en realidad me estaba cansando de estar enfadada —la vida era demasiado corta.

Al final, tras el divorcio, muchos talleres de autoayuda y oraciones, le pedí a Dios que me sacara mi ira y que me ayudara a perdonar a todos los que me habían herido. Empecé a trabajar. Poco a poco, empecé a reconstruir los puentes que habían estado ardiendo. Llamé a mi ex suegra al cabo de unos meses para invitarla no sólo a asistir a la ceremonia de graduación de mi hija, sino a estar un rato conmigo. En realidad nos lo pasamos bien juntas, y también mi hija. Mi hija y yo hemos tenido que sanar cosas también. La presionaba más de lo que debía haber hecho, y eso no era justo.

¿Qué es lo que me ha permitido perdonar? Adquirir nuevos hábitos es importante. Ahora analizo las situaciones en vez de reaccionar a partir de mi rabia (mi coche ha sido como un maestro para mí, porque me ha ofrecido muchas oportunidades para practicar).

El tiempo y la práctica también han sido remedios importantes. Yo también me hablo mucho a mí misma, con amor.

También practico el amor incondicional hacia los demás. Ya no me siento defraudada cuando las personas no vienen a mí porque ya no espero ni pido nada. Ni tampoco me siento controlada por las expectativas de los demás de la misma manera; ahora hago cosas no porque siento que tengo que hacerlas, sino porque quiero hacerlas.

Verdaderamente, he recorrido el camino que lleva de ser una víctima a la victoria.

Una mujer perdona a su ex marido por haber recibido malos tratos

Casada a los dieciocho años, una «buena chica católica», mi cuerpo me llamaba al mundo de los adultos. Él tenía veintiséis, era guapo, y aficionado a las cervezas. Yo era la hermana mayor. Sabía como limpiar, cocinar y cómo llevar la casa. Podía hacer ese trabajo. Lo de la bebida era algo que me preocupaba, pero seguro que él se iba a moderar, una vez casados. Podía lograr que la cosa funcionara.

Al cabo de una semana después de la luna de miel, llegó cinco horas tarde a casa... se me hizo un nudo en el estómago... entró... gritando y dando voces... puños rápidos... y un intenso dolor lacerando mi carne... Nunca ningún remordimiento hasta el día después.

La buena chica católica tuvo dos hijos en veinticuatro meses... Tuvo también muchas otras peleas con el borracho... y muchas promesas rotas. Y ya dejé de pensar que podía conseguir que lo nuestro funcionara.

Me fui tan repentinamente como había entrado. La única cosa que me llevé fue un corazón lleno de odio y una cabeza llena de resentimiento justificado. Le odiaba por no importarle nunca, por forzarme a aceptar que yo no pude sacar adelante nuestra relación.

Durante años, el odio que albergaba en mi corazón se desbordaba por todas partes y salpicaba a los hombres con quienes me encontraba en la vida... hombres que no tenían ni idea de por qué eran tratados así. Saldaba las cuentas una y otra vez por arrastrar conmigo este odio en todo momento. Mi atención estaba constantemente dividida... El pasado ejercía una fuerte influencia en todos mis actos del presente.

Me volví cada vez más consciente de mi necesidad de encontrar una forma de perdonar. Había estado pidiendo en mis oraciones y mis meditaciones aprender lo que significa el perdón. Solía creer que de algún modo tenía que ser capaz de olvidar con el fin de perdonar, pero no podía dejar de odiar la realidad de que un ex marido borracho me pegara hasta dejarme la piel amoratada.

Pero entonces, durante un taller de fin de semana, nos iniciamos en el concepto del «Y no PERO». Los monitores nos dieron la libertad de poder sentir y expresar todos nuestros sentimientos. Para odiar el comportamiento pasado de mi ex marido Y perdonar no tenía que desprenderme de nada excepto de la palabra PERO.

PERO me ha dado la libertad de reconocer mi pasado, incluyendo mis sentimientos, y para seguir adelante. Me he visto capaz de contactar con Walter después de diez años para pedirle que me perdonara por enviarle tanto odio durante más de veinte años y para hacerle saber que le perdono por todo lo ocurrido entre nosotros. Verdaderamente, estoy libre.

Una mujer perdona los abusos sexuales sufridos

Tenía 44 años de edad cuando, hace escasamente dos años, irrumpieron los primeros recuerdos horribles de una infancia de incesto y abuso sexual indiscriminados, que empezaron durante mi infancia, de la mano de mi madre bisexual, sus amantes masculinos y femeninos, mi padrastro, y otras personas. En el Día de Acción de Gracias del año pasado, yo creía que ya había acabado con la tarea de perdonar a mi madre, y estaba celebrando esa victoria. No tenía ni idea de que aún faltaba mucho por recorrer.

Cuando perdono, proclamo que Dios es quien dirige
y que la sanación de las personas, relaciones y situaciones
está sucediendo. Perdonándome a mí y a los demás,
regreso a la totalidad.

Daily Word

Hace tres semanas, me vinieron a la memoria esos recuerdos, pero con más detalle. Empecé a acordarme de más detalles de ciertos incidentes y me di cuenta de la intencionalidad perversa de todos aquellos abusos. A la vez estaba destrozada y rabiosa. Me encontrada tan consumida a todos los niveles, que parecía como si el perdón nunca se hubiera producido. Desde entonces, he navegado en un mar de emociones, no sólo con relación a estas nuevas revelaciones que se presentaban, sino también por el hecho de que parecían aniquilar muy rápidamente ese preciado perdón.

Empecé a cuestionarme a mí misma —mi integridad, humildad, y honestidad— a la par que me preguntaba que *es* el perdón al fin y al cabo. ¿Era algo tan frágil? ¿Era una ilusión? ¿Acaso era yo una embustera? ¿Una fracasada? ¿Una incompetente? Desde niña me había entregado a un sendero de Amor silenciado... De adulta he declarado abiertamente mi compromiso con la Luz, el Amor, y la consecución de la Luz a través del perdón, de mí y de los demás. ¿Estaba tan engañada que me perdí en vez de encontrar?

Finalmente... la verdad empezó a emerger de detrás del manto que encubría la ira y el pesar: al final había perdonado a cada una de las personas que habían abusado sexualmente de mí, pero sólo por sus actos en general.

Ahora veo claro que queda sólo otra capa de conciencia reprimida que precisa el perdón, y al final, lo sé, me daré ese regalo de amor a mí misma, como lo hice la primera vez. Mientras tanto, estoy agradecida por lo que he aprendido en esta primera ronda:

— El perdón no implica a la otra persona tanto como a mí misma.
— El perdón es una expansión de mi corazón, una aceptación de la imperfección de la otra persona como un reflejo de la mía propia.
— El perdón es incondicional («te perdono SI nunca lo vuelves a hacer» no funciona).
— El perdón se lleva a cabo de una forma paulatina.
— El perdón significa comprensión, no aprobación.
— El perdón es Divino, y está al alcance de todos.

Un hombre perdona los abusos sexuales sufridos

Mi madre era quien llevaba la voz cantante, la exigente de mi familia. Llena de inseguridades, insistía en recibir amor y atención en grandes cantidades. Mi padre, reticente y callado, no podía llenar su vacío, así que se volcó en sus hijos.

Cuando mi hermana y mi hermano mayores le fallaron, yo, el hijo más joven, asumí el trono y me convertí en su defensor. Mi madre había sido una excelente pianista y se enorgullecía de mi talento musical. Al hacerme mayor, me pidió ser el esposo amante y solícito que no tenía. Desgraciadamente, aprendí esta escena teatral. Ella atacaba la virilidad de mi padre, y luego me persuadía para que le profesara mi amor por ella. Yo era tan sólo un adolescente y no comprendía ese absoluto malestar que sentía en lo más profundo de mis entrañas mientras en una silenciosa desesperación seguía intentando complacerla.

Al principio me quedé aturdido y luego abrumado por la angustia cuando de adulto me di cuenta por primera vez de que había sido víctima de un incesto. Esta concienciación fue parte de mi proceso de recuperación de una adicción al sexo y al amor. Durante programas de recuperación posteriores y experiencias en el tratamiento, descubrí la inmensa rabia que hervía por debajo de mi personaje de «buena persona». Había hecho lo imposible, incluyendo convertirme en sacerdote, para ocultar mi otro yo y demostrar al mundo que era una persona normal.

Durante muchos años, mi esposa y mis hijas pagaron el precio de mi rabia pasiva contra las mujeres. A lo largo del proceso de curación, fui capaz de encontrar lugares seguros para expresar plenamente mi ira hacia mi madre. Con la ayuda de muchas personas que me aman, muy especialmente mi esposa, Irene, me quité ese peso de encima y me hice más capaz de expresar honestidad e intimidad.

Empecé a anhelar el poder perdonar a mi madre. Escuché la promesa del perdón como la liberación final de la esclavitud existente, tanto para el que recibió el abuso como para quien lo cometió. Pero con sólo decirlo en voz alta y en mis oraciones no parecía que lo hiciera sentir en mi corazón.

Luego, en un centro de retiro de crecimiento personal y espiritual, me familiaricé con la ideología de la «Deidad Femenina». Comprendí su significado para las mujeres y su trascendencia a la hora de transformar nuestra cultura de patriarcado. En ese retiro experimenté una energía femenina potente, vulnerable... una energía muy amorosa y sanadora. Creo que me proporcionó una nueva visión de la MUJER que iba más allá de la mera carne mortal. Tras un diálogo escrito con mi imagen mental de esta energía de la Deidad Femenina, lloré lágrimas purificadoras. Finalmente supe que había una verdadera deidad femenina en mi madre. No estaba condenado a recordar sólo la herida y el dolor. Fui capaz de perdonar a mi madre y a aceptarme a mí mismo.

Un año después de esta experiencia transformadora, mi madre murió. Me siento bendecido por estar totalmente en paz con ella.

Corrie Ten Boom: Perdonar el asesinato[10]

Le vi durante una misa en Munich, ese antiguo miembro de las S.S. que haciía la guardia en la puerta de las duchas en el centro de procesamiento de Ravensbrück. Él era el primero de nuestros auténticos carceleros que había visto desde esa época. Y de pronto, todo estaba allí: la habitación llena de hombres que se burlaban, las pilas de ropa, el rostro de Betsie escaldado de dolor...

Él se acercó a mí mientras la gente abandonaba la iglesia, radiante y saludando con una reverencia. «Cuán agradecido estoy por su mensaje, Fräulein», dijo. «De pensar que, como usted dice, ¡Él ha lavado mis pecados!».

Extendió su mano para darme las gracias. Y yo, que tan a menudo había aconsejado a la gente de Bloemendaal la necesidad de perdonar, me la guardé.

Cuando los pensamientos de ira y de venganza hervían dentro de mí, vi su naturaleza pecaminosa. Jesucristo había muerto por este hombre; ¿iba yo a pedir más? «Señor Jesús», recé, «perdóname y ayúdame a perdonarle.»

Traté de sonreír, luchaba para alzar mi mano. No podía. No sentía nada, ni la más mínima chispa de ternura o caridad. Y susurré de nuevo una silenciosa oración: «Jesús, no puedo perdonarle. Dame Tu perdón».

Mientras le daba la mano, ocurrió algo de lo más extraordinario. Desde mi hombro y a lo largo de todo el brazo y luego por toda la mano, parecía que se transmitía una corriente de mí hacia él, mientras en mi corazón nacía un amor hacia ese extraño que casi me abrumó.

De esta forma descubrí que no es tanto de nuestro perdón o de nuestra bondad de lo que depende la sanación del mundo, sino de Jesucristo. Cuando él nos dice que amemos a nuestros enemigos, ofrece, junto con este precepto, el amor mismo.

Perdonar las heridas físicas permanentes

Yo solía pasear, ir de excursión, hacer patinaje sobre hielo semanalmente, correr detrás de mi hija pequeña, etc. Ahora estoy lisiado, debido a la obstinada indiferencia de un médico respecto a mi salud, mis solicitudes, mi terror, mi dolor y a las recomendaciones de mi radiólogo; debido a otros médicos que debían de haber sabido cuán poco preparado estaba ese hombre; debido a un hospital que permitió el uso de sus instalaciones por parte de un hombre que demostró en tres ocasiones distintas que no sabía lo suficiente como para pasar los exámenes del consejo de médicos. Cuando el daño estuvo hecho, y a pesar de la flagrante violación de

Escribe los agravios sobre el polvo,
las buenas acciones sobre el mármol.

Benjamin Franklin

los juramentos del estamento médico, los médicos cerraron filas para invalidar mis reivindicaciones en los tribunales. Tenía mucho que perdonar, como veréis, ya que vivo con el recordatorio de todo esto cada día.

Cuando me llevaron al hospital con un tobillo roto, mi ortopedista no estaba, y el Dr. C. (de Calamidad) le sustituyó. Yo le dije que pensaba que el tobillo estaba roto, pero después de hacer una radiografía me dijo: «no creo que esté roto, pero aquí hay unas vendas y unas muletas para que los utilices durante el fin de semana». Al cabo de dos días, a las nueve de la mañana de un lunes, me llamó para decirme que había una pequeña fractura: «Ven y te pondremos una escayola».

Mientras me encontraba en la sala de espera, mi ortopedista habitual, el Dr. A. (de Ausente) apareció. Yo le rogué que asumiera el caso, pero él dijo que el Dr. C. era un buen médico, que ya había iniciado un tratamiento y que no podía interferir en asuntos de su competencia.

OBSERVACIÓN: Cuando un médico ha iniciado un tratamiento, ningún otro médico dará una segunda opinión, así que hay que asegurarse de que tienes el médico que quieres desde el principio.

Después de pasar seis semanas enyesado y con un dolor insufrible, el pie entero se me había hinchado, estaba amoratado y deformado. Pasaron cinco meses, y todavía seguía sin poder andar. Al final tuve que acudir a un especialista de la ciudad de Nueva York para soldar el tobillo porque el calcáneo, el hueso principal de soporte del cuerpo, se había roto. Tras cuatro meses más con una escayola, mi pie y mi pierna formaban un ángulo recto, sin ninguna posibilidad de movimiento, ni hacia arriba, ni hacia abajo, ni hacia un lado, ni podía girar. La parte inferior de mi pierna era como un palo. Mi dolor era constante.

Dieciséis meses después del accidente, empecé a hacer averiguaciones preguntando a un abogado sobre negligencias médicas y a otros médicos. Cuanto más sabía, peor se ponía el asunto. Presentamos una demanda contra el Dr. C., y seis años después, ganamos el caso con facilidad.

Pero yo aún cojeaba y le odiaba por lo que me hizo.

Luego leí el manuscrito del libro que ahora está en vuestras manos. Me enseñó que yo continuaba permitiendo que el Dr. C. abusara de mí. Me propuse no darle la satisfacción de herirme o de sacarme más de lo que ya se llevó.

Al siguiente fin de semana, regresé al centro Shalom Mountain y comprendí que el Dr. C. había destrozado mi pie, no mi vida, y ahora me encuentro bien. Estoy realmente en paz con todo este asunto.

9 *Resumen y más ideas sobre el perdón*

En el transcurso de la elaboración de este libro, nos hemos sentido humilladas a diario por nuestra propia condición humana. Las dos nos hemos visto acosadas por resentimientos irritantes e intransigentes contra los demás —y contra nosotras mismas—, lo que en verdad confirma como un atrevimiento por nuestra parte el haber escrito un libro sobre el perdón.

Esto acentúa la veraz realidad de que el perdón sigue suponiendo un desafío para todos —excepto quizás para los ermitaños—. Al margen de los periodos de buena voluntad hacia los demás, nadie llega a ser para siempre una persona experta en perdonar. Tan pronto como empezamos a felicitarnos por el alto grado de iluminación alcanzado, nos vemos de nuevo atrapados en alguna pequeñez enormemente insignificante que insiste en no hacernos caso durante horas o meses.

Desde nuestro punto de vista, vemos que todos nosotros insistimos en utilizar el resentimiento para una amplia variedad de propósitos: para protegernos, distanciarnos de una realidad inaceptable, distraernos de nuestra propia impotencia, mantenernos unidos a alguien que se ha marchado, ganar tiempo para restablecernos, evitar decir la verdad, posponer el tener que enfrentarse al verdadero culpable, castigar al otro, eludir el pánico y la culpa, y toda una larga serie de propósitos varios. La tendencia a echar la culpa y a declinar toda responsabilidad está profundamente arraigada en el organismo humano, y todo lo que necesita para motivar su reincidencia es un repentino ataque de orgullo.

Hemos aprendido una vez más que hasta cierto punto todos somos ciegos, sordos, y desde luego, mudos. Pero perdonar nos proporciona nuevos ojos, oídos y lengua. Por lo tanto, estas palabras de Helen Keller son válidas para todos nosotros:

> La calamidad del ciego es inmensa, irreparable. Pero eso no nos quita nuestra parte de las cosas que cuentan: el servicio, la amistad, el humor, la imaginación, la sabiduría. *Es la voluntad interna secreta lo que controla el destino de una persona* (la cursiva es nuestra). Somos capaces de desear ser buenos, de amar y ser

Aprendí que el verdadero perdón incluye la aceptación total.
Y a partir de la aceptación se curan las heridas
y la felicidad es de nuevo posible.

Catherine Marshall

amados, de creer hasta el final que podemos ser más sabios. Poseemos estas fuerzas nacidas del espíritu al igual que todos los hijos de Dios.

En términos de la Familia Interna, podemos decir que cada uno de nosotros tiene Niños Internos que creen que la ira tiene poderes mágicos para conseguir lo que queremos o para alejarnos de lo que no queremos. Sin la amorosa atención del Adulto Interno a sus necesidades, estos Niños Internos guardarán rencores y ejercerán su venganza, sin darse cuenta de lo que les va a costar a ellos y a los otros Niños Internos.

La buena noticia es que, una vez que se ha podido acceder a él y ha sido reeducado, el Adulto puede satisfacer completamente las necesidades de los Niños Internos, y liberarlos también de una carga poco apropiada de responsabilidad por lo que les ocurrió.

Por decirlo de otra forma, mientras crecemos en sabiduría y en autoestima, aprendemos a concentrarnos más en nosotros mismos para hallar y perdonar el origen de nuestro malestar. No decimos que todos nuestros males provengan de nuestra mente, como algunos cursos afirman, pero sí decimos que gran parte de la energía extra que impulsa nuestras reacciones de enfado surge de la proyección.

Si estamos en un sendero de crecimiento y sanación, aprendemos a reconocer lo que es nuestro y a dejar el resto a Dios. Nos volvemos más responsables —de forma apropiada— de lo que nosotros mismos permitimos, y eso nos hace libres. Aprendemos a tener una actitud vigilante.

Aprendemos, a raíz del análisis final, que el perdón significa decir «sí» a todo lo que fue, es, y será, en vez de «no debería ser así». El perdón significa elegir abrirse a todo lo que existe en la vida, incluyendo lo doloroso, en vez de sólo a lo que nos produce un sentimiento de seguridad o a lo que nos libra del dolor. Significa dar un salto de fe en que al final las cosas van a salir bien, tanto si hubiéramos preferido que adoptaran el curso que adoptaron como si no.

La tarea del perdón es de un alcance global; es decir, aprendemos a perdonar no sólo a nosotros mismos y a los demás, sino a la vida misma, y por extensión, a la Inteligencia que es la Fuente de la vida.

Aprendemos finalmente que el perdón significa aceptar que el sufrimiento es uno de nuestros mejores maestros, y que es ese sufrimiento lo que derrite la parte más dura de nuestro egocentrismo y la separación de nuestros Niños Internos y de nuestros hermanos y hermanas en todo el mundo.

Bibliografía recomendada

Cómo perdonar cuando no sabes cómo hacerlo se basa principalmente en experiencias personales, no en una labor de investigación, y por lo tanto no podemos ofrecer demasiado en lo que concierne a bibliografía complementaria. No obstante, podemos recomendar los siguientes títulos (versión en inglés sólo):

Bishop, Jacqui, M.S. y Mary Grunte, R.N., *How to Love Yourself When You Don't Know How: Healing All Your Inner Children*. Barrytown, NY: Station Hill Press, 1992.

Flanigan, Beverly, *Forgiving the Unforgivable*. New York: Macmillan Publishing Company, 1992.

Johnson, Vernon E., *I'll Quit Tomorrow*. New York: Harper & Row, 1980.

Smedes, Lewis B., *Forgive and Forget: Healing the Hurts We Don't Deserve*. New York: Harper & Row, 1984.

Notas

1.— Para más información, ver bibliografía recomendada.

2.— Gracias a Steven Karpman por el concepto del Triángulo del Drama.

3.— Cita del libro *Death of a Marriage: Birth of a Woman*, de Lyalya Herold. Damos las gracias a Lyalya Herold por permitirnos utilizar este material, así como a Landmark Education Corporation, que dirige El Foro.

4.— Ver *How to Love Yourself When You Don't Know How*, capítulo 7, «The Myth of the Bad Child: Defusing Inner Sibling Rivalry».

5.— Reproducido con el permiso de Barbara Hoberman Levine, autora de *Your Body Believes Every Word You Say*. Publicado por Aslan Publishing, Boulder Creek, CA 1991.

6.— *La Biblia*, segunda epístola de San Pablo a los Corintios, 7:8-12.

7.— Daily, Starr, *Love Can Open Prison Doors.*

8.— Personalidades que han apoyado gritar como terapia: Dan Casriel, fundador de Daytop y El Proceso de la Nueva Identidad; Janov, de la Terapia del Grito Original; Alexander Lowen, de la Bioenergía; y Fritz Perls, que desarrolló la terapia Gestalt.

9.— El Hechizo Familiar es ese estado mental en el que nos encontramos cuando un suceso nos recuerda tanto a una experiencia intensa de nuestro pasado que ya no podemos responder de forma apropiada en el presente. Nos afecta como si estuviéramos en trance, y nuestras reacciones no parecen ser acordes con lo que ocurre en el presente. Es como si estuviéramos mirando un suceso actual a través de un negativo, el cual no podemos ver porque las imágenes del negativo lo oscurecen.

10.—De *The Hiding Place*, por Corrie Ten Boom junto con John & Elizabeth Sherrill. Publicado por Chosen Books, y reproducido con el permiso de John & Elizabeth Sherrill.

Sobre las autoras

JACQUI BISHOP, Licenciada y Máster en Ciencias, dirige su consultorio de psicoterapia desde 1982 en White Plains, Nueva York. Diplomada en Análisis Transaccional y Terapia Gestalt en la Foundation for Religion & Mental Health, Jacqui ha trabajado con Dan Casriel, Doctor en Medicina, en el Proceso de la Nueva Identidad en el Casriel Institute. También ha trabajado ampliamente en otras diversas disciplinas del campo de la sanación, que incluyen el renacimiento (*rebirthing*), el masaje Alexander y otras técnicas de trabajo corporal.

Sus obras recientes publicadas incluyen *The Creative Brain*, escrito conjuntamente con Ned Herrmann; *How to Invest When You Don't Know How*; y en preparación: *The Holding Book* y *My Boss Doesn't*

MARY GRUNTE, enfermera diplomada, creó el proceso de Sanación de la Familia Interna. Cuenta con una amplia experiencia en la observación de pautas de conducta en recién nacidos, bebés y niños. Ha trabajado como enfermera de psiquiatría en Londres, en el prestigioso Hospital Maudsley Royal Bethlehem, para después dirigir la sección de partos y *nursery* en el Methodist Hospital de Nueva York. También ha trabajado en el desarrollo de los descubrimientos realizados en estos campos durante su trabajo posterior con pacientes terminales y en su consultorio de psicoterapia que dirige en Yonkers, Nueva York, desde 1981.

Durante los últimos cuatro años ha organizado talleres junto con Jacqui Bishop, enseñando el proceso de Sanación de la Familia Interna.

También ha escrito y producido el musical *John the Baptist* (música de Bruce Lederhouse), interpretado en varios estados. Está casada con Leon, y tienen dos hijos ya adultos.

Índice